翻越长歌

浮冰 著

作家出版社

作者简介

于成安，笔名浮冰。上海作家协会会员。中远海运集团作家协会副主席。

出身于革命军人家庭。从大连海事大学获工学士学位毕业后，在中远海运集团工作至今。曾外派日本、英国等国家学习、工作多年。获得英国梅德赛克斯商学院管理硕士学位。先后担任上海远洋运输公司技术部副部长、上海远洋船舶管理有限公司董事总经理、大连中远海运船舶管理有限公司执行董事／总经理等职。

获颁"第六届北京诗歌节"银质奖章。

获颁"诗人名典中国第三极顶峰2020最佳诗歌奖"。

诗歌，是对生命最深情的凝视。

目 录

第二季　行路吟风 75

第四季　古韵新赋

第五季 花草心语 293

序

敬文东

　　中国诗一早就形成了言志的特征和抒情的传统。《尚书·尧典》最早这样表述："诗言志，歌永言。"闻一多认为，"志"和"诗"原本是同一个字。"志"有三个意义：一记忆，二记录，三怀抱。这三个意义代表诗的发展途径上的三个主要阶段，"怀抱"也就是歌与诗合流后，"诗言志"中"志"的内涵。据瑞典汉学家高本汉（Johannes Karlgren）重建的上古汉语，"志"的声旁与"诗"相同，都是代表了节拍或韵律的"足"（"足"包含"止"和"之"这两个彼此矛盾的含义，意谓一停与一动），不过二者形旁的差别，表明了"诗"终究要以"言"来呈现，而"志"则跟"心"紧密相关，这也就是《诗大序》所说的："诗者，志之所之也，在心为志，发言为诗。"闻一多将"志"的本义理解为"停止在心上""蕴藏在心里"，"记忆"的意义由此生出，又与"意"或"情"有所关联。旅美华人学者陈世骧则更乐于强调"志"与"诗"共有的声旁所暗示的抒情性，也更乐于捕捉"诗言志"所包含的心理学意义。如孔颖达所疏，"在己为情，情动为志，情志一也"。"情""志"二字并用，互相限定，既提醒了"志"与"心"的原始联系，避免极端的道德伦理阐释，又在一定程度上抑制了情感的过度宣泄，保留了审美的目的性。在陈世骧看来，"情"与"志"平衡统一，"诗"与"志"内外相成。因此，中国诗打一开始，就不具有亚里士多德所言的模仿或制作的意味，而是生于"兴"，源于"感"。陈世骧说得很好：诗"既是蕴止于内心的深情至意，又是宣发于外的好语言"。

确实有必要将浮冰先生眼下的这部诗集放在这个大传统下观察，才能看出这部看似简单的诗集所蕴含的意义。通读这部诗集后会发现，浮冰很可能同意陈世骧的判断，并将感叹生活、吟咏情性作为他的诗歌写作的首要任务，就像浮冰先生坚持认为的那样："诗歌，是对生命最深情的凝视。"他的意思或许是这样的：凝视是深情的，但深情首先得用于凝视，凝视的当然永远是围绕生命组建起来的生活，而生活的集结则是每一个人都无法选择的人生。人生无法选择，但它可以被诗深情凝视进而生成诗。浮冰先生相信，诗的生成必将与他自身的所见所闻、情怀感受结合起来。

仔细品味便不难看出，浮冰先生的这部诗集深受传统中国诗学的影响。《乐记》有言："凡音之起，由人心生也。人心之动，物使之然也。感于物而动，故形于声。"受其影响，《诗大序》亦曰："情动于中而形于言。"《文心雕龙·明诗》曰："人禀七情，应物斯感，感悟吟志，莫非自然。"万事万物皆可引发内心的波澜，应物而感，抒发情志，乃是中国诗歌的传统。浮冰的这本诗集，正是以这一传

统的抒情方式感喟人生的产物。这些诗作或将对人事的感悟隐藏于
襞积的象喻之中，或直接抒情、述怀，忠实地记录当下的人际遭遇，
悲欢离合。从诗人自己对诗歌的分类和命名中，大抵可以发现他所
倾心的写作题材变动不居，格外丰富，他对不同的诗歌体裁、形式
勇于尝试，且热情饱满。浮冰的诗作很容易让人想象到古代文人游
历山水、赋诗怀古、饮酒作乐的情景，虽然它所描述的景致是现代
的，所抒发的情感是更为复杂的，但诗歌整体的气质仍是颇为传统
的。在他有意构建的诗歌体系，譬如"行路吟风""花草心语"中，
更能见出这种古典趣味与传统性。前者记录游历见闻，往往在诗中
穿插历史往事、文化典故，以此点亮一连串的地理坐标；后者吟咏
花草，大多采用联想的方式赋予其不同的性格品质，以此来融入主
体的情愫，寄托情志。概言之，这本诗集容纳了千山万水，记录了
无数的"人间微澜"，并施之以不同波段的感叹。

　　在浮冰的诗作中，情绪的衍生与变化常常是推动诗歌发展的一
条重要线索，这大体上也是传统诗学的题中应有之义。当然，诗人
浮冰对情感的抒发，较之于古典汉语滋养下的旧诗，自有其不同的
取径与风貌；在乐于装腔作势、标新立异的现代语境中，则显得平
实和真诚许多。现代汉语的魅力，在于它有十足的潜力应对瞬息万
变的现代生活，也有卓越的能力处理纷繁复杂的现代经验。因此，
它能够更为具体也更为细致地刻画事境与情境，更为集中也更富有
层次地抒写心情与意绪。浮冰的许多诗作都带有鲜明的时代烙印和
现实色彩，他对情志的抒写，基本上也不脱离具体的事境、情境，

保留了相当多的实感。诗人往往借助对某一物象的精细描摹，或对某一场景的印证式再现，来营造相应的情感氛围，并在这种氛围的不断铺陈与深化中，选取一个关键的节点来突出主体情感的表达，最终完成整个抒情单元的构建。物情相感，皆有所凭附，通过对具体情境的再现和再次凝视、再次思考，诗人避免了走向凌空蹈虚的一派，也在一定程度上达成了对情感的克制和约束。不难发现，这种表达方式效忠于诗人真实的生活经验，显得直观、简洁，且容易为读者所理解和接受，似乎也容易与读者取得共鸣。正如诗人在诗中所写的：

是那句老套的托辞

让多少情愫，在

伤及灵魂的电击中

化作了，青烟朽木

（《重逢》）

只喝，酿满冷笑的回忆

不屑撒满各种调味的现实——

莫管是凉拌的，还是油炸的

一概视若垃圾食品

（《陪饮——致麦城》）

诗中的场景充满了丰富生动的生活细节，真切可感，能够一下子将读者带入诗人所构筑的情感世界中。当然，这里或许也存在另一个问题：读者容易受到诗歌氛围的感染，容易参与进诗人的生命经历，也同样容易随时从中脱出、逃离。其中的原因十分简单，在瞬息万变的现代生活和纷繁复杂的现代经验面前，现代新诗绝不止步于抒发真挚简单的诗情，还致力于言难言之事，达难达之情。诗如何将"深情至意"转化为"宣发于外的好语言"？诗应当在何种层面上，以何种方式抵达何种样态的真实？都仍然是有待诗人们耐心去探索的事情，浮冰有望在未来用更多的诗作给出更进一步的回答。

浮冰先生倾向于认为，诗是一种伟大的语言现象，它以生生不息的创造力言说梦想。我们期待着用语言记录敏感于生活的微妙情绪，挽住生命深处的原生诗意，更期待着将抒情动作本身视为主题，用语言发明另一种更高、更丰沛，也更生机勃勃的真实。

2021 年 8 月 27 日，北京魏公村

第一季　人间微澜

朗诵相伴，情真意切

歌剧人生（组诗）

一、序曲

主题神驰施虐的忠贞

嬗变，暗恋阴郁的魂游

怀拥人性蹒跚模进

情节，灼伤昨夜猥琐的窥视

汹涌的旋律洞开亘古秘境

安放烈酒苍白的动荡

璀璨臣服于调号

爱慕逐梦极致

粉饰的横祸从斜刺里登场

善终，掠过琴弦微弱的意淫

喜剧玩味苟活

悲悯超度夭亡

当讶异的羞红再现

麻木串联仇恨,逼迫

不和谐的合唱冲塌累卵——

为了嚼烂的厌倦

为了,模糊的来生

二、咏叹调

激昂,或者婉转

与历史对峙的暴风雨

犹如追光,紧随

瞩目的颠沛

尖锐的欲望

凌绝喘息之处

环顾四周，除了几步

展示给群峦的尾音

便只有踩空的悬崖，和

葳蕤的余悸

还是要在辉煌附近

拼尽气力亮一嗓子

即使顶破英名

也不应亏负了，这架

搭自废墟的戏台

三、宣叙调

高潮前的迟疑，或是

发狠后的懒散

闲暇总有所惊

心絮飘若飞鸿

被浊泪洗过的晴朗

愈加悠味深长

青春冥顽，将攀爬

碾踏成灰色信仰

说教，攥紧强颜的颓靡

回味充斥妥协

深陷泥淖的旗帜卷满蔚蓝

间奏，仳离般寂静

失足的困顿秉举松明

低声吟哦着落幕前，那句

淡定却决绝的起身

庚子新年断句

与影子一起跨年

和跫音共敲岁寒

同是云飘泊

相识，风做媒

你有断袍的海洋

我有结发的江河

刺碎凡胎

驭伤为翔

已耗尽太阳的恩赐

每天，只有蛛网悬垂的余韵

苍白的余烬

袖手摩踵在颓丧的月色里

用焦灼的雷电咳嗽

以低沉的骤雨哀嚎

孤独，是一声

堵在胸口的陈腐恶气

送走庄严的歧路

迎来失神的空旷

岁岁念叨，嶙峋的愧疚

年年耽于，丰腴的快意

……

生于二月的尽头

——致庚子年的生日

生于二月的尽头

生于，伸手

能抓住春天的错觉

兴奋着大树的高度

叶冠散开骄傲的庇荫

可几经风雨，咂尽滴漏的光影

依然是，稻谷的身段

慌张的芒刺

日子越来越混浊

无奈，想做颗晶莹的米粒

弯下尊严时，却遭遇

冷漠的族群恫吓

满志清澈，被踩躏成

稗草的负罪

口号的杂音

二月的尽头

常做苏醒前的噩梦

谄媚，一片肃杀

瘟疫，潦倒成囚

为饥寒草根敲响的丧钟

从封冻的怀里，幽幽升起

总要挣脱耳边枯黄的暗示

倔犟地，把木讷的血红

举向空灵的春绿

往树梢端喜

朝草根处悲

每片树叶都不一样

每片树叶都不一样

渴饮雨露，饥吮阳光

有丰满，有细长

着素绿，喜彩妆

走遍河流，阅尽山岗

随风摇动着万千梦想

可要咬碎心房，谁都是

悲戚无助，苦涩满腔

残缺

我迷恋

一切无助的残缺——

大漠，没有骆驼陪伴

火焰，没有飞蛾扑来

呼唤无果

相悦无后

瘸着枪伤的狼嚎

折翅云间的雁鸣

春风不扶杨柳

梅雨不落江南

跋涉，少了登顶

谢幕，少了玫瑰

……

残缺，是颗无助的泪珠

从涓涓的怜悯

一直流向，辽阔的拥抱

生活，是条痛苦的河流

生活，是条痛苦的河流

日夜扭动着忧愤的身子

厮咬未央

远古的战乱，顺流而下

化作妄为的泥沙

嘲笑一切，软弱的河床

用肆虐挑衅围堵的堤岸

迟疑以泪洗面

脚步浮躁，浪花偶尔跳起

踢落几片探身的花瓣

生活，是条痛苦的河流

世代抽搐着莫名的走向

幸福，只是偶尔跳起的

浪花

彩排

春风般呵斥

秋叶样逃避

口衔霞光的彩排

喋喋，为虚幻装饰

悄悄，与掌声较劲

每一棒

划着指挥执拗的方向

每一弓

拉着首席谦卑的生计

靠拢和谐

颤音凝霜

只可惜，练习再完美

也挡不住心情的瑕疵

彩排再舒袖

也驱不散，剧场弥漫的

索命硝烟

高悬的轮回
——庚子鼠年春节偈语

轮回，一遍遍

刻薄地审视

该来的，总要来

就像穷冬

总要用凛冽的天厉

冲放肆的袒露，刻上几刀

弯腰的裹腹

都是没有尽头的纤绳

酸楚的汗水，使愤懑愈加湿滑

嘲讽如此辛辣

让生存，死死勒住

比匍匐还要低下的喑哑

气若游丝的甜蜜

犹如焦渴时的幻觉

缠着那一瞥

决绝时的转眸

轮回，悬在劫波

用各种刺骨的卑劣

把濒死的自爱，凿刻成

一块血肉模糊的墓碑

挤在荒草堆里

瑟瑟盼着，被复活的春风

临幸

歌唱，是天堂的泪光

穿过被地狱压扁的门缝

歌唱，像是天堂

温暖的目光

当你耽于舒适

妄想着肩膀的恩赐

直到绝症，瞬间吞噬了活力

骤生的麻木，摁住最深的伤口

韵出丹田之气

把鼓胀的惊怖，索性

喷向毁灭的阴暗

陡峭的垂涎挂满雪崩

为表心迹，有时

会声嘶力竭

很多时候，为装饰消沉

只能低声哼唱

往往

自嘲地哼唱

听起来，更加靠近

天堂含泪的目光

贫困、咳嗽与爱情（组诗）

> 人有三样东西是无法隐瞒的，……
>
> ——《洛丽塔》

一、贫困

褴褛的表情，裹着

尴尬的美梦

瑟缩在生命的边缘

遥数，与悲喜无关的斗转星移

伸出冻僵的毁灭

向幻觉，索要一丝温暖的对视

隔着云层的阳光

似乎，永远是犹豫的

二、咳嗽

按捺不住的幽愤

从胸中喷出

爆发，不过是

徒然的发泄

三、爱情

思恋像把刀，顶在

道德的背上

逼着负疚向冷酷低头

万物皆有垂爱

取舍环顾丛生的敌视，吞下

无解的病灶

可醉生寻衅的亲密

焉能，至死不乱

沉重的乌云

乌云，掬在手里

沉得像江东

乌云，绕在心头

重得如楚歌

乌云，裹着虚伪

朝交情靠近

乌云，挑着背叛

冲诺言刺来

口蜜腹剑的乌云

以谎话，劝降伤感的留恋

步步紧逼

面露杀机的乌云

要用至昏的暴怒，掐住

声力枯瘠的屈辱——

乌云再沉重

能压死那只，被火焰

吻过颈项的凤凰吗

斑鸠的叫声

萎靡于喧嚣的边缘

大清早，甩开平庸的败叶

一心向天的枝头上

斑鸠的告白，最为豪迈——

频鼓胸腔，双眸微醺

用生死的共鸣

一遍遍，把热切的誓言

唱给冷漠的信仰

操守掩面

乡音哽咽

可如此执着的绸缪

让人听来，却分明洇透了

取的，水心抱月

舍的，白首成空

等待

等待，是持烛彻夜打坐

屏住白昼遒劲的笔触，把

沉重的檄文

针刺的恍惚

捏碎在平顺的吐故里

亮过黑暗，让风

异常不安！

蛇蝎般的羞辱

缠绕着桀骜的火苗

窒息，环环相扣

偷生的余光

对最后的苦行，反复炙烤：

我的伤楚——

在你心尖吗？

你的释怀——

于我掌中吗？

……

长夜中等待

面烛打坐，如沐偈语

古银杏谣

拂入暮年

缠身的财富，便成了

焦灼的梦呓

从贫贱的草青，摇曳到

扎眼的金黄

滴滴精血漫过虚度

时时浸淫着，伸向

青云的不懈膨胀

许是，祖上勤勉的诫训

让魔咒难以启口

族群锐意扩张的锋芒

似乎刺瞎了，灾祸

红肿的觊觎⋯⋯

轮回钦定，冷暖难料

凋零的惶悚抖遍全身

——但最终，把

世代的财势遣散殆尽的

绝非示善济贫的挥洒

而是每每伐熟的朔风

和，阵阵劫富的寒流

前世·来生

深情地注视触摸前世

在鼓翅如蝉的挣脱里，只种爱情

浇灌滂沱的奢想

收割一茬茬，谦卑的遗憾

追随梦魇的谶语

从囚徒的视线中破窗出走

身浸寒霜

心挂黄连

翻越高耸的誓言

泅过叵测的教诲

在退缩的江南，孑身听潮

两耳空空

——没有你的接纳

跫然之鼓，有何况味

深情地注视望穿来生

在气若乳燕的呼唤里，只种亲情

浇灌连亘的忏悔

收割一层层，凄窘的回忆

天幕

心魔

困在兽性的咸腥里残喘

踮起霉烂的根须

不断磨亮的欲念，竭力

想刺破缀满幻觉的天幕——

刺破了

余生，也许是晃眼的虚空

但沉溺了

终身，必定是深渊的孤寂

天堂的石头

石头一样硬的，清冷

石头一样硬的，孤独

地狱的烈火，烙就了

攀登的背影

贪婪的云梯

天使，跪着祈祷

魔鬼，站着布道

拥挤不堪的欲望

渗向枉生自毁的野草

遇风惊乱，仓惶掩饰着

青月的嶙峋

中年的狰狞

垂首图腾，万念俱灰！

可当仰望天堂时

被你旷日的抚摸，弹泪一笑

阴郁的石头，瞬间碎成了

末路的纵酒

迷茫的尘埃

岁月

岁月，还是去了

像暴风雪后的晴空

看不出一丝挣扎的痕迹

仍喜欢在雪中，堆砌

已融化成伤疤的往事

只是风，不再刺痛

春红殷切的托付，终会

变作冬白无言的退缩

四处躲闪的眼神，悄悄

摩挲着孤傲的地平线

有了咸腥的浑浊

才会有咒语般的清澈

......

沿着熟悉的寒冷走回荒野

猛然，又见花开!

微诗碎玉（组诗）

一、立春

用许诺解冻麻木

需要一脉纯净鹅黄，和缕缕

倾向饥寒的至暖天光

二、春绿

情种懵懂，正

跟随逐满心田的暖风

一簇簇醒转开来

三、夏荷

面容干净

许是，从淤泥滋生出的

最大心愿

四、秋雨

命定的诀别

眼泪一阵紧似一阵，但视线

却一层寒比一层

五、腊八粥

揉尽浊泪，终于放下了

漫过双眸的荣华烟云

端起了，垂眉熬就的

清净六根

六、冬树

酷寒掌控了生杀

一切伸展的思想，都被凛冽

冷笑着砍伐殆尽

七、返乡

那汪儿时的期许，亮如炸雷

呵斥着一生蓝缕的逆子

筚路前行，万难回头

心事

把腌臜的心事，托给佛祖

让沉重的人生

有个歇脚的地方

爱，不得

业，未竟

嗣，无后!

潮涨，徒然拍打着铁石心肠

潮落，黯然涂抹着倦意阑珊

快感艳似流星

完满，遍埋欲壑

……

心海劫波难渡——

望着险命相搏的芸芸众生

彼岸，祥帆已落的佛祖

垂目不语

心事重重

阳光的变奏（组诗）

一、朝霞

只一瞬

那抹灿烂的青春

便被焦虑的中年，撕扯着

吞噬了

二、乌云

被磨难遮蔽的日子

人情灰暗

万念凋零——

唯有咬住肝胆的苦涩

拨开厚重的沦落，独自

遥望劫后的明媚

三、艳阳

傲视中天的炫耀

哭诉着悠远的悲愤，和

黑暗的胁遏

此生的热烈

只为了，那撇轻慢的冷笑

那捧，风霜的慰藉

四、彩虹

一滴酸楚的泪

裹着赌注，流过

漫长的思念

苍白的心幕

在诺言的照耀下

闪着，七彩的希望

五、夕照

真不愿如期谢幕

随虚伪的掌声，泯于清冷

跌宕的剧情

一世的恩怨

都悄然融化在，最后

皲裂的对视里

中秋的圆月

中秋的圆月

是你灵魂最合适的位置

所以，当万众举目时

你感到，完满而幸福

而一年中的其他日子

你都，躬身在眼泪深处

缠绕于草根末梢

用越磨越钝的爱恨情仇

孤独地挖掘人生

积攒下一腔的苦痛苍凉

收获着，满手的功败垂成

哦！原来

中秋，那月圆的一瞬

是由无数扎心的碎片，拼成的

冬天赋格

——再读保罗·策兰

黑色的雪花飘满青春

飘满中年，飘满岁暮

飘呀，飘呀飘

我们在旷野中用恩赐堆积火炉

他在堡垒里算计温度

算计生命算计太阳

他掌控所有脆弱的灵魂

黑色的雪花飘满青春

飘满中年，飘满岁暮

飘呀，飘呀飘

他翕动的冷笑让雪花心惊

他算计生命算计太阳

我们顶着锥刺堆积火炉

他挥霍劳作挥霍善良

居高临下抛洒黑白

恩赐的炉火若明若暗

黑色的雪花飘满青春

飘满中年，飘满岁暮

飘呀，飘呀飘

他掌控所有脆弱的灵魂

我们在朔风中围住火炉

他算计和平算计战争

历史的天平在悲声颤抖

尸体和瓦砾填满火炉

黑色的雪花飘满青春

飘满中年，飘满岁暮

飘呀，飘呀飘

他在铁钉子里算计生命

他在十字架上算计太阳

但他，不是滴血的耶稣

……

你的胆寒呀堡垒

我的脆弱呀灵魂

立夏

立夏，预言着

闷燃的火焰要烧破天光了

至少是一声，寒尽暑来的

呐喊

可慵懒的期盼，却被

黎明前钻进心缝的凄风冷语

吓醒了

美梦坐起身，惶惶

望向闪着狡黠的阴暗——

腰缠万恶的庚子年，难道

连节气也背叛了？

元日之晨

时间，还是忽快忽慢

眼神，仍然忽冷忽热

河流总是百折不回

脚步还是遍体鳞伤

春艳一瞬

秋黄一生

芳草，依旧屈从于游离心外的熏风

雨也彷徨

漂满恩仇的江南逸事

漏夜无月……

深情，仍要

向天边的虹眺望

心头，仍会

被玫瑰的刺扎伤

元宵节

——旧时，元宵节是相亲的日子

今晚的月亮

身材，第一次丰满

今晚的菩萨

心情，第一次

被许愿臊得扑通直跳

热切的春风

悄悄掀起懵懂的衣角

播下娇羞的情话

期盼着在忐忑的花灯里

突然

向书中的郎君，开放

春节

为了延续，这场

祖上传下来的盛宴

内心无序的后人们

陀螺般，折腾了一生

朝霞如鞭，驱赶精血肿胀的春华

去云间拼抢廉价的自尊

中年毒辣，顶着道德的暴晒

悄悄洗净沾满恶习的步履

急火，煮烂夜路硌脚的传说

但融在福运里的夺命煎炸

给嚣张的羽翼，留下了

魂焦魄黑的后遗症

等汤底耽溺的良知

拖着心魔熬至体力昏聩时

方到，举杯消愁的

向善吉辰——

用久病的亲情，夹起

名利杂陈的各味纠葛

搪塞，旋入空门的暗示

让酒醉的劫难优雅领舞

需要强颜笑出，整滴

姿态完美的眼泪……

被欲望频频抽打的惯性

不过是为了埋头奔忙

一场饕餮孤独的欢宴，和

一樽觥筹碰碎的眩晕

获奖之后

——谨志获颁"第六届北京诗歌节银葵花奖"

面对矜持的冷场

诗人忍不住用祈使句，捅捅

靠近臂膀的名词：

总要论清功过，分个主次吧

试了下民怨温度

名词欠起身，挏挏喉结：

出头犹如亮翅，鸿鹄煽旺了妒火

可没有我，诗歌便没有所指

皮不存，毛将何附

埋首冲锋了大半生，热衷

攻陷幻觉的动词，坐不住了：

行动，永远是问顶的帅旗

书破万卷，难抵

跬步千里

吞倦了退居二线的凉气

形容词满腹委屈：

窥视当年，红粉迷眼

哪一次不是我铿锵攫艳

庶出偏门，锦缎上的碎花

副词知趣地撇下嘴：

反正，我曾竭诚护侍着高潮

召唤过走失的孤魂

被强权搓扁的思想，仰脸

朝天牢吐出一圈圈压抑：

没有我擎举死谏支撑，诗歌

就是瘫软的烂肉

最为隐晦的岔路背叛

音律，向来只争风骚：

节奏和声韵，为枯泛的空谈

涂画了多少晴雨彩虹

唯独，被鄙视刺伤的感情

躲在暗淡的星光里

默默拭去，从词语根部渗出的汩汩悔意

……

于袒露饥渴的私欲中

诗人屏住浮躁，聆听禅谛

倏忽

抬起惆怅，环顾心壁——

没有了感情悲昂的起跳

诗歌的血红，还能紧随

动地的鼙鼓哀鸣着沸腾吗？

颗粒感

音乐老师不厌烦复地

指引着孩子们:

弹钢琴,抑或拉小提琴

极品的快速声色衔接

应该有,铜豆落玉盘的颗粒感

俗世头破血污的教训

也在警醒我:

男女相悦,亲情相抚

深卷到了阴晴无常的心魔境地

必然是,弥漫肌肤的颗粒感

——转了一大圈,仍在

不断锤炼的,弹拉万物的过硬功夫

就是把多变的边界悄悄打磨成

彼此疏离的,颗粒感

你，听过荷花赶路的故事

荷花，务在三十天里

开满整个池塘——

此后，就要被冷酷的寒风

嘘下舞台

每天

能开，上日的二倍

人生苦短

荷花不敢懈怠

时刻飞奔努力，拼命表现

想赶在嘲讽发威前

把喝彩推向巅峰

可好事总与愿违

人过中年，池塘

还是支离破碎，不成气候

疲惫的荷花

夜夜，从噩梦里惊醒

顶住千辛

挨到了最后一天

突然，人生的全部辉煌

沿着咬紧的牙关

瞬间开满，被血光红透的池塘

······

为了体面地秀出谢幕的姿态

荷花，极不情愿地

磨难了一辈子

回马刺

一路倒拖长枪，驭着

惊魂负辱的创伤败走险绝

追旗得势飒爽，不恕穷寇

还没到跳崖的卑膝

细细嚼烂勒嘴的樊篱，奋力拉回

苟喘的嘶啸

无望间，乜准了跋扈

眼底暗处红肿的贪心，那脉

嚣狂的破绽

以是，紧贴万丈沉冤

静等威迫放肆地逼近，遽然

抖缨跃马反刺

——奄奄待毙的雪耻，往往

从地绝处，挟天意逢生！

背对夕阳

一直，不愿转过身去

拥抱最后的诱惑

生怕争先一世的前方

会口喷宿命，颓然倒地

那颗，攥在心坎的爱慕

没能赶在朝霞满天时

撒进你青葱的视线

误了如油的春雨

胎死，廉价的梦中

从此，笑意全无

顶着无边的流放，在

干裂的渺茫上

耕耘，寡淡炊烟

收割，遍地惆怅

既然，深情不能开花

思恋没有果实

那，就在清冷的湮灭里

轻轻唱首悲歌吧——

背对夕阳

面向春光

庚子年战"疫"抒怀（组诗）

之一：新冠病毒·呓语

黑夜悄然改弦易辙

堵塞星空的浮夸

促使梦魇，铤而走险

心智堪忧

妄想正酣

凡胎是个累赘

有冠状的孤魂，足矣！

妖孽的手指，暗暗

挑动蛋白的纯情

便能，轻松脱下单薄的底线

伪善的雾霾

跨过堕落的鼾声

强暴，一览无余

向死质问，只是

哀鸣撑住膝盖

仰天生杀，恰似

朔风喝斥雪粒

在火舌的阴影里残喘

中毒的躯壳

终将化作，蜚言嘴里的

一抔飞沫

之二：真相

真相，犹如

被刻意掩扮的可餐秀色

渗漏的风韵

让血脉偾张的偷窥

沿每缕天光发酵

起初是鲜艳的腼腆

后来，是漂白的恐惧

把浮厝的霉斑，涂成了

含混不名的遮羞布

万难启齿

紧咬遮羞布的牙关

占前卜后，胜筹莫展——

裸露的罪孽，会否剖出

畸形的报应

反骨的咒语

于是，成群的病毒

假借蝙蝠的队形

趁着昏庸如夜

扇动狞笑，鱼贯飞向

撤掉哨兵的肺泡

之三：谎言·谣言与真相

在宫廷上勃然暴跳的谎言

煞有介事地斥责谣言，是

蛊惑人心的乱臣贼子

拉起抗辩，谣言要找真相

当面对质

谎言，急挥手中的斧钺

强行把真相掳进后宫

顺意者，即刻翻牌为宠

忤逆者，瞬间碎尸枯井

就像所有猎奇

只有到达末梢，才会获得心悸

囚入黑暗的真相

除非绝处逃生，否则永无天日

没有解药的高烧

让肿胀的谣言，渐渐

胖于真相的影子

像一身不合体的外套，沾满——

谎言龌龊的唾液

在恐惧的洗涤里，越漂越脏

之四：庚子清明寄怀

——伤逝白衣天使

今年，荆楚的春光没有如期醒来

皇冠样嗜血的凶疫，成了

狙击明媚的歹毒瘴气，成了

封杀蔚蓝的遮天忧患

为了逆行的拯救

洁如脂玉的天使们，跟随

忧心忡忡的火神，禳灾驱魔

把上苍无边的眷顾

揉碎成，清明最深重的雨滴

伦理，在至暗的墓穴中崩塌

惊恐，让赤裸的底线盲目分离

这群佑护亲情的花季，张开

春风的怀抱，转身

化作了坟茔上枯荣的摇曳

用草莽的软肋，噙泪哀怨着

那些无法验明正身的缕缕青烟

那些，被窒塞夺走的悲伤权利

之五：指向余晖

——触怀武汉新冠病人与医生"共赏落日余晖"照片

人世与落日之间

仅隔着，一声余晖的指向

抬起，苦笑的抗争

指向炫目的呼吸

指向庚子生死的裂缝

指向，天伦善恶的宣判

锋利的疫疠

挥舞霸凌膏肓的疯狂

把气窒的黑暗，齐刀插进

长跪不起的咽喉——

沉入末日的哀嚎

一遍遍

翻滚着惨绝的音符

于良知没顶之处，无畏地

抬起浸透悲愤的翅膀

用凤凰的冤魂

指向浴火的余晖

指向，重生的飞翔

第二季　行路吟风

朗诵相伴，情真意切

潇湘之魂（组诗）

一、韶山冲

一轮人民的太阳

怒吼着，从绝望中升起

高擎光明，咬碎黑暗

翻越死亡的天空

用泣血的信仰，染红

每一把追随的镰刀、斧头

……

最终，疲顿地落回

人民温暖的怀抱

枕着后继的锐意，沉沉睡去

二、橘子洲头

一尊，永不消散的激情

立在刺骨的潮头

懑抒胸臆，指点江山：

用根治愚顽的良药

拍击着世人贫弱的脉搏

以躁动革命的振臂

鼓舞着来者，跨踌的脚步

三、滴水洞

许在，故乡隐秘的心底

藏着游子最难以平复的伤痛

始作俑者，常有所思

开门，不愿见山——

押上动荡的孤注

让国运，命悬一线!

四、岳麓书院

兰香，泉香

拥着潜心的书香

谈知，论道

惦着凄惶的乱世

惟楚有材

尚以成败论英雄

于斯为盛

必匡山河时危倾

五、爱晚亭

那片熟透的红叶

不慎，飘入

心如止水的回忆里

惊起阵阵溃退的涟漪

只有向晚的和风

知道，该把伤透的情波

朝哪里吹

望志路的火种

——中共一大会址剪烛

　　一百年前的苦夏

　　暴君霸世，贪纵而骄奢

　　满地残喘的忐忑，用

　　渗血的汗珠，在干裂的无望上

　　一遍遍描抹着

　　赤贫革命的传说

　　振臂翻身的火炬

　　……十二名鄙视黑暗的

　　盗火人，肩扛

　　五十三位抱薪者的重托

　　在十里洋场的干柴上

　　毅然擦着了，烧向

　　旧中国膏肓之疾的火种

　　从此

火种迅猛燃烧，炙烤着

疯长了数千年的极权寡头

胆寒的恼羞亮出妖魔的狰狞

嗜血的屠刀，铺开

对野草星火的碾杀——

浸透湘江的怨骨鬼哭

刺破极限的长征求生

涉过地狱是唯一的天堂之梦

微弱，却坚定地摇曳

锁在紧咬的牙关

险命的火种拼尽劫数

终于烧成了，埋葬

帝王家朝的连天烈焰

让屈辱的华夏，从

历史孱弱的灰烬里，腾飞出

瞠目世界的崭新龙凤

然而，抒怀的和平斟满浮生

肆入歧途的跃进愚躁

摧虐人性的"文革"孽狂

令火种，心灰意冷

飘零欲息

——上苍开眼

醒我中华

有伟人起身，在迷茫里振翅

舞动改革开放的春风

带领濒临绝境的神州精英

怒吼着，踏上了新的夺峰长征

让火种再次烧旺了泥淖里的斗志

用灼热，重新淬红了黑暗中的希冀

……

如今

信念明暗的擦拭者们

咀嚼艰涩的百年颠簸

环顾窘迫的拾柴众人

挥起呼啸着英魂诘问的荆鞭

炸向，贪欲的沉渣

变质的新贵：

火种因何而灼?

火焰，为谁而炽!

不要让乡愁羁绊你

不要让乡愁羁绊你

不要让山歌缠住你

离开初恋

离开，青涩的忧伤

人生的路，没有捷径

白云的深处

天空的尽头

无限的可能，在深情呼唤

纵然，成功的希望

像白云一样渺茫

但，成长的幸福

却像天空一样辽阔

背起梦的行囊，挽着轻风

去远方的诱惑里

走走吧！

拜谒岱山金维映故居

像头羸弱的骆驼

驮着长征，驮着乌托邦

驮着沉重的绝路

驮着连绵的伤痛

异土的荒沙，是你的粮草

故乡的涛声，是你的遗嘱

不能低眉

脚下，是灼烤灵肉的专制

无法回头

前方，是私定终生的自由……

压垮骆驼的

只能是，来自心底的

最疼一句疑惑

最后一声失望

海上的日子（组诗）

——献给我挚爱的"中远海运"海员兄弟们

一

让告别的汽笛穿透伤感

让翻飞的号旗激扬神采

绞起，锚在故土的牵挂

勒紧，躁动千年的梦想

我们意气满怀地

　　——启航了！

二

从此

在浸透希望的蓝色中

在孕育强盛的波澜里

有了一群，患难的兄弟

一群，只会泅水的犁铧

把心扎进大海

把情洒入沉浮

耕耘风浪

收割漂泊

三

机器轰鸣

桨叶雄壮

前进的节奏

和着昂扬的号子

想要踏平，喜怒无常的

　　　——季风暗涌

　　　——滔天海啸

四

在无边的绸缎上

想象，遥远的涟漪

舒展暖风的臂膀

抛撒家乡的方言，喂养

飞翔的鸥

跳舞的鱼

五

用翻腾的肺腑

平息，大海的狂躁

披肝沥胆的表白

至死不渝的忠贞

让满天的雷电

捶胸哭喊

泪雨滂沱

六

爱情，在海风的焦虑中

随着单调的呼吸

变成了，揉皱的信封

变成了，发黄的相片

变成了，中秋

不愿咬碎的月饼

变成了

一朵朵，开在心窝的

洁白浪花

七

清明

没有泥土的祭拜

掬一捧苦楚的海浪

洒进，先人回望的视线里

飘散的泪水

摇曳的悲声

化作，遇难呈祥的

治愈之莲

护身之符

八

春节，我们

在太平洋，在印度洋

在加勒比，在好望角

举起颠簸

举起枯燥

举起心头的月光

与远方的故乡纵情碰杯

铿锵的回音，是亲人

深情的拥抱

温暖的祝福

九

意志的榔头

敲打着生锈的思念

惊悸着迟钝的记忆

一道道，涂上

鲜亮的激情

一层层，重复

久违的问候

与港湾约会前

把风雨揣进胸口

把涛声，唱出歌喉！

上海的根

——戊戌感恩节游广富林

苦闷了几辈子

打拼了一世纪

漂在黄浦江心尖的满城霓虹

居然，摸不着根

终于，有一日

在上游水岸深埋的长夜里

挖醒了，一幅幅

良渚的炊烟，凝固的叹息

捧出了，一段段

决裂的争斗，欢爱的传奇

……

上海

击节感恩，仰天长啸——

血脉广富林，像一卷

疏而不漏的家谱

把枯荣千年的根茎，诉说得

跌宕婉转

催人拭泪

都市启示录（组诗）

一、摩天大楼

在拜金的喧嚣里

拼尽嘶哑，比着高低

可剥去烫脸的标语

冰冷的躯壳

摸得到，温善的脉动吗？

二、霓虹灯

为夜里心握不甘的游魂

掌起自诩的炫耀

——让高处淡定的明月

收回余光，愈加鄙夷

三、咖啡馆

坐在别人刻意的优雅里

过滤慌乱的粗俗

以感恩的清香

回味碾压的凄涩

四、舞女

踩着标价的芳华——

蔑视明天的无根风尘

随昏暗的交易，糅进

欲火的眸子

让空洞，永远充血

五、地铁

为粉饰趋利的拥堵

把践踏，潜到了

阴暗的地下

驶过平衡的轨道，划定出

轮流坐庄的从容

——最怕，翻盘的天光

楚韵希声（组诗）

之一：曾侯乙编钟

贫乏的眼神

越过靡衣玉食

青铜，便从阴冷的五兵

修身为体贴的编钟

战争与和平

是你的两个音频

在江汉的岔路里

轮流敲响

之二：越王勾践佩剑

意志，屏息在幽暗的心底

任万条蝎毒的占卦啃噬，可

从未卷刃

一旦重见天光

屈辱的杀气

便会，腾空御风

逼血而去！

之三：黄鹤楼

张开翅膀

立在财势的七寸上睥睨

频抒仁爱，慈悲为怀

方能，抱住滚滚的洪福

临高吟梦吧

绵延的回报，都融在

万古的长江里

之四：户部巷过早

这碗热干面

从动荡求变的民国，一直吃到

拔自废墟的共和

战火明灭，被频频招惹的

只是忽冷忽热的

过早心情

之五：首义广场

辛亥的十月

革命，怒吼着撕裂黑暗

要把难产的共和

剖宫取出

……

热情就要流尽，咬牙

挨到新岁的黎明

精疲力竭的枪声

终于变成了，大音希声的爆竹

行走云台山（组诗）

一、蝴蝶石

是怎样的痛苦

让热烈的招展，变成了

冷漠的石头

不愿闭合的翅膀

只能在生疼的寒梦里，拥抱

冰凉的幸福

二、红石峡

汹涌的奉献悄然退去

美丽，遍体鳞伤

溪流是偏执的回忆

用走调的情歌日夜悲泣着：

不求成败的青春，就这样

挥霍了吗？

三、茱萸峰

把儿歌种进高山

家乡，就在云端

茱萸遍插的时节

风，哼着孤单

在浸透乡音的云雾间

没了方向

赤山明神

好客的乡情，像位贵人

端坐在道德的山巅

俯视多舛的桅帆

用怜悯，点拨风浪

鬼胎叵测的涛声

让咬紧的牙关咯咯作响

而，微弱怕风的祷告

划亮晕厥的求生

把眼底的黑暗，燃成

普度的曙光

……

其实

家乡的明神，犹如

至亲宽容的泪花

一直坐在高高的心上

时时念叨着，儿女

叛逆的远行

故乡与上海

故乡的调焦，越来越模糊

某天黄昏

我，终于定影为

清晰的上海

不再伤怀吴侬软语

不再纠结水缠幽巷

开始和满脸疑虑的近邻

随口抱怨梅雨、虚词

及一切，与江南有关的拥挤

骨瘦的自虐

浮肿的骄傲

都被刀刀见血的岁月

裁剪成烧心的酒旗

站在中年的悬崖边，见风就笑

原来

梦中摸到故乡

是一种，脱胎换骨的战栗

茅尾海红树林

雪松，银杏，三角枫

夕颜，茑萝，凌霄花

姿韵常戏云霞

风光可攀高崖

唯有我，身陷清苦的汪洋

在浪涛中洗涤孤单

在迷茫里寻觅扶持

潮来，感恩生命

潮退，握紧苍凉

被冰霜浸骨的北方寒透了心

投怀，满腹柔波的南国

温暖如初

……

志本辽阔

奈何，匍匐于难缠的泪水

一世细碎

迎着咸腥的节奏

悄无声息地，消磨尽

单薄的尊荣

青岛的夏日（组诗）

之一：八大关的小路

太阳，像火辣的目光

海风，如凉爽的耳语

羞涩的树荫，悄悄

遮掩着那句心旌翩翩的

腮红

刚从沙滩归来

永不言痛的大海

用宽阔的泪水，抚平过去

深深浅浅的伤口

留下，平展展的明天

……

手牵着憧憬，踩亮花香

林外，倔强地传来

记忆深处的涛声

之二：栈桥逢雨

困在一方愁云下

迷茫中，海上

仍有固执的小船，不愿回头

雨，是压在心底的眼泪

打湿干裂的脚印

倦意，与风呢喃

冥顽的块垒，被连绵的呜咽

数落得温滑厌玉

爱慕虚荣的街道，也

浸入禅思

伪善的脂粉斑驳不堪

遭雷电鞭挞的灵魂

声色全无

愈加孤僻——

翘首

抖落阴郁的彩虹！

之三：太清宫的花仙

崂山

不只有脱俗的道士

还有，迷心的花仙

牡丹，耐冬

不起眼的五叶草

香玉，绛雪

招人妒的黄书生

仙女们视爱如命，初衷不悔

引得书生不思功名，潜身于

酸爽的蚀骨销魂

说是，偷食人间烟火

便可喜新厌旧，忘恩负义

染上一袭帝王的毒瘾

面对命犯的情劫，被

恶语无状的尖刻掌掴霸凌

真要逼着凡夫——

从道辟谷，羽化成仙？

上海的心跳（组诗）

一、爱情墙

不安分的心澜

逐着，喜怒无常的江流

在红颜懒散的拐角

坠入漩涡

背靠婀娜的如烟往事

面对嗫喋的水中花月

彼此，轻声搀扶着

漫长的坎坷

……

一堵，难以逾越的

衷情错觉

二、九曲桥

耳边的凉风，对我窃窃私语

要经历九重生死

才能走进你的梦里

我，仰天长叹

心沉如山

迟迟不敢，迈向你

暧昧的呼唤

三、丁香花园

花一样的年华

嫁给了，山一样的沧桑

那片，红极一时的祥云

早被喜新厌旧的春风

随口吹散了

四、朱家角

矜持的桨声

驮着喧嚣的红尘

荡漾在千年的伶仃里

水乡的羞涩

有时

是一抹，困守的无奈

五、百乐门

微醺的狐步

拥着今晚的知己

掠过，满眼的背叛

咆哮着冲锋

优雅地回眸

相遇，有百般奢望

舞姿，有万千洒脱

六、音乐厅

挑剔的孤魂

厌倦了，魔咒附体的

行色匆匆

于是，放下悲苦的行囊

跟着歌声，在无垠的遗弃里

倾诉梦幻衷肠

阅尽，覆水难收

七、下海庙

伤缺的亲情

在月圆的香火里

焦灼

……

唯有，把祝福

融入妈祖的法力

踩着绵长的存候，去抚平

天边夺命的风浪

太行山

——秋末，沿拒马河走进太行山，路过十渡，景色壮美

秋天的尽头，才见到你

肃杀的心脏

一声难堪的颤抖

嫩绿的相悦，变成生冷的枯枝

恩爱，甩手而去

裹走浩荡的志向

只有，不离不弃的软风

病态般念叨着不祥的谶语

想用凝固的温存，留住

焦躁的蓓蕾

冬天，就要来了

已不在意，缠绕万仞胸间的

是飞扬的鹰

还是，无根的云

金陵三叹（组诗）

一、乌衣巷

威武的升堂，和

肃静的后人

在燕子衔来的呢喃里

隔着残片，潸然而遇

二、桃叶渡

站在苍老的风雨中

拼足游丝，用

一生的不甘

呼唤，稚嫩的爱情

三、媚香楼

烟柳巷里的忠烈

是一朵破败的桃花

在无畏的胸口，朝向污秽

醉吐血红，愤然大笑

回望苏州河十八湾

——上海有蜿蜒的"苏州河十八湾"：木渎港湾、火花湾、小万柳堂湾、学堂湾、纱厂湾、小沙渡湾、梦清湾、潭子湾、长寿湾……

忤逆的泪水

在吞尽屈辱的漩涡中

攥着变质的箴言

向来世，长叹了十八声！

年少的木渎细流

瘦弱得如同静脉，只能

投靠闹市故亲粗悍的动脉

把赌运，抛在抱团的浪尖上

随浮生的冷暖，漂泊

以半斗米苟延

囷滚地龙残喘

沉痛的贫穷，压折了尊荣

哭瞎了来路

不安分的火燧，点红了

草民泥泞的觊觎

自戕的启蒙没有退路

凄苦渗到根须

便会无所顾忌，贱命

拼杀血腥的冲撞

绝处求存的活力

注入纺车的喧嚣

文明的铁质摇篮，摧兴

华夏种族图强的栋梁

万柳堂结下的金兰

拍案肝胆侠义，敛起

碎成忠烈的骨骼

和着永不凝固的血液

沿决堤的岸边，宣誓

长城绵延的巍峨

迷雾里的小沙渡

剥开层层朝代，屏住千年敌意

失魂呼唤惊厥的洪峰

荡涤眼底，浸淫膏肓的幽暗愚昧

倦怠，在法学堂的湾头

陷进黑与白的焦虑

铡刀的塌陷，将是

家国脊背上咆哮的荆刺

沉渣招摇的雨季，伦理

被连夜暴涨的贪欲沤成酱汁

狂妄发出恶臭

病危的鱼群唼喋着失眠的繁星

澄清良知的断喝

化作一柄，悬在噩梦头顶的

穿云霹雳

……

逃脱懒散的长寿臂弯

遏抑的思潮，哼唱起

令落叶抽搐不已的安魂曲

迷途的情债，怀抱月色

孑然溺困于心波的颤音——

所有回望蹉跎的微澜寄语

都抵不过，那枚

盖给晚霞的青春邮戳

海上名媛 · 张爱玲

你的软肋

你的深渊

躲在白流苏低头的娇羞里

藏在，易先生灰暗的目光中

于凡尘，焚着一炉清高

总会招来命硬的香客

男烈女羞

犹如没有硝烟的厮杀

最先偃旗的，永远是

餍足的溺爱，和

烫金的招牌

矜持的掌心，捧不住深重的才气

花香的清冽，敌不过氤氲的诱惑

一次揉碎

终生，在尘埃里做泥……

不眠的夜晚

赫德路，风韵修长的叫卖

静安寺，打着呵欠的车铃

会不会时常潜入彼岸的婆娑里

陪你回放，那些

没有苦笑的闪烁

三清山·三大绝景（组诗）

一、司春女神

一片，即将化为泥土的

贴身黄叶

拍击着富贵的来路，不停嘟囔：

为何要爱上凡间？

每天，万难躲过

日曝雨割

生离死别

你花容悲戚，欲言还休

心底的块垒摁住岁月

泪泉干涸

松软的禅悟，早已风化成

僵硬的坐姿——

二、巨蟒出山

没得到的，终觉

愤难顺

意难平

再沉重的讥讽，也压不住

那眼，残缺的痴迷

自惭的复仇——

一怒冲天！

三、玉女开怀

只有遇上钟情的人

你才会，面目舒缓地

仰望幸福

打开胸怀

可拂过春心的，往往

只是流浪的风

抑或，多变的云

同里古镇

——同里有"珍珠塔"的故事

说起江南，就想到你

浸透苦难的河流

性情依然和煦

遗憾铺就的石板路

被岁月，踩踏得光滑而柔顺

只有在雨季抒眉

黛瓦婆娑中

思绪，执拗地与施舍幽会

惧怕春风

野蛮的杂草，爬满敏感的心田

……

何须来世

把孤独一饮而尽

让今生醉在期盼

醉在，多雨的江南

浪漫大连

海风撇撇嘴：

"都这把岁数了

还浪个啥？"

日渐寂寥的大连

黯然一笑，转身

扭动苗条的腰肢

在清癯依旧的中山广场

踩着残存的春意

独自，跳起古老的布鲁斯

……

浪漫，只选希望做伴

而，优雅

却和解脱共生

盲人推拿师

生锈的腰，在大连

一位盲人推拿师金黄的指尖

被神奇地擦亮了

语握感激，叩开家常

盲人的失明，因祸于

黑暗的一次致命冲击

掉队的视网膜

犹如瘫痪的冬夜，再也无法

起身追赶破晓的春光

听我说家在上海

盲人的音调涨得通红：去玩过！

牵着残联阔绰的手势

呵呵，真正大都市

随口跟道：逛过哪些标记？

外滩，豫园，南京路——

我的面色，突然嗵嗵心跳

"嘘"了一声

霎时，呼吸像被空气生生活埋

······

以后

和盲人切磋风情，千万

别比画观光的动作

大连的街头往事（组诗）

之一：望海街

那时候，住在

海浪叛逆的聒噪里

是一种自残

虽然，时代的恍惚

被斜刺劈下的炸雷驱散了

劫后的婉转，仍固执地

踩着月光的墙缝

听年迈的松针，指认那些

嵌在，昭和体内的幽暗尾音

之二：太阳沟

用太阳的油彩

耙开异土多难的贫瘠，惴惴

描绘出东瀛的花期

岁月像把刮刀，慢慢

抹掉了，湿透厚重硝烟的啜泣

只剩下宽容的底色，守在

微醺的往事旁边

陪暮霭叹息

之三：南山路

从何时开始

尚武的利刃，颓唐了

路旁，不愿改换架势的狼性

空有一身威武的行头

孤傲的内功，相继嘶哑

挂满勋章的步履，在

变了音调的冲锋号中

倍显沉重

沿着大连的滨海路（组诗）

一、燕窝岭

让燕子动容的表白

一定是，比生死还要锥心的

坚守——

把嗟叹芳华的落霞，和

归来的伤翅

焚进林涛低回的山盟

听波浪，不知疲倦地重复

咸涩如泪的海誓

有了峰高水阔的弹拨

琴瑟的对视，才能

永远和鸣

二、老虎滩

传说中

石槽与恶虎的鏖战

正为了那尾，舍命的美人鱼

从热血喷出的所有搏杀

都会有句，豁上性命的墓志铭

许是为了胸前那颗

犯在劫数的无语情种

或是为了，远方那朵

把未来喊破了的

飘渺春花

三、棒棰岛

善与恶的民谣

是百姓，向官家呈递的冤情

越过，百姓眼中愁闷的捣衣声

官家撑起远虑的风帆

把目光，驶进

潮涌之外的惊悚雷电里

百姓的苦难，不停地

捶打着汗青褴褛的外衣——

先天下之忧而忧，岂过于

后百姓之乐而乐

夜泊秦淮河

欸乃了六朝的桨橹

在迷离的娇嗔里，收声吧

迟疑的月光涂满招摇的金粉

瞬间的春艳，抱紧火拼的自残

血脉摸不到归路

求生的季节

欲望，迎着夭折走在前面

只是惊鸿一瞥

坚韧的棹波，便

蒙目成任性的晚风了

今夜

失忆的清流枕着僵硬的远山

危坐的面具，在完美的弧线里

情丝痉挛

长安尘烟（组诗）

一、未央宫

感动是爱情的源头

眼泪，是沙海的源头

未央是知恩的源头

长安，是幸福的源头

……

丝绸之路，从幸福的源头

驮着眼泪淌过沙海

叩遍万千颠簸，绵绵流向

各种肤色的感动

二、玄武门

嗜血的锋镝

紧裹狡黠的月色，讪笑着

刺穿了孝悌

刺穿了礼耻

直逼虚伪的云端——

乌霾尽头的皇冠

缀满淫邪茶毒

浸透血海怨仇

铁石一般阴沉着疑虑

秃鹫一样，紧盯着扑杀

三、华清池

蚀骨的温泉，迷离着

帝王的春药

拼上孱弱的社稷

让苍老的欲望

在娇柔的清波里，缠住伤感

放浪不归

四、大雁塔

功德，亮如满月

夫复何求

失声的雁鸣

衔着疲惫的高僧遁入天堂

只扔下困顿的信徒

撕扯着善恶的漩涡

随烦乱的经书，沉浮

五、兵马俑

要把无敌的骨肉

带在身边

要把浩荡的江山

带在身边

要把，永恒的春光

带在身边！

但，只有叛逆的黑暗

留在了身边

邂逅丽江

那些艳遇

在夜色的庇护下顺流涌来

诱惑，沿着歌声潜入野性

流浪的颓废，像玉河中的鳟鱼

逆水把持着难缠的恍惚

摇着彩色的舞步，邂逅苍白

懊恼的长啸

将空虚的怯懦撕成碎片

想用滂沱的眼泪，洗净月亮的微笑

朽烂的语言，扶不起山娘的羞涩

幸福，只是心弦一声锥刺

那些遐想，在暧昧的酒杯上

踯躅而行，酩酊醉去

只留下傻笑的虚无

随失望的晚风，戚然飘散

西部残风（组诗）

一、月牙泉

把最后一滴眼泪

抑在悲凉的心口

让薄情的荒漠，愧疚一生

……

稚嫩的幻觉

曾铺满伸向天边的怀抱

献祭艳如昙花

点缀着漫长的叹息

人性摇曳，不知所足

恩怨迎着风喋喋不休

宿醉醒来，只剩

记仇的骆驼刺掩面而泣

离去吧

被狂热灼伤的幸福

有星星相伴

沉沉的回忆，并不独单

二、嘉峪关

在岁月的尽头

关上城门

用尖锐的妒嫉

射杀癫狂的春秋，射杀曼舞的才华

射杀一切，与

放浪有关的大笑

......

尸横遍野的人生

漫过哀求，飘来刺耳的凯歌

仇恨果腹的遗孤，把积攒的拒绝

守成连绵的诅咒

但，所向披靡的激情

早在春梦的咆哮里

挟着风尘

破城而入

三、莫高窟

佛祖是天

众生是山

用一世的苦难

把远在天边的佛祖，刻在

茫然的心上

为绵延的子孙，求句

卑微的祝福

虔诚的山

终躲不过血雨腥风

而无边的天，只回荡着：

因——果——善——恶——

阿——弥——陀——佛——

四、玉门关

隐约的羌笛引来迷路的骆驼

陪着那些将士，守在僻静年华里

用乡音送走落日

用辗转抚摸繁星

戍边的号角，化作固执的鹰唳

兀自，一遍遍

巡视着古道飘散的狼烟

呼唤着，帝国姗姗的粮草

镇关的墨玉，早已碎入传说

伛偻的城隘，也被风沙

吹成源远的祭坛

缭绕的亲情，让蜿蜒的纷争

相拥而泣

歃血为盟！

五、酒泉

那天晚上

骠骑霍将军舀起的泉水

飘着，喜极而泣的酒香

胡人，已被

逃遁的大漠席卷而去

留下悲壮的马嘶

留下伤残的晚霞

留下阿尔金山，和

悠悠牧歌

星光依旧

被狼烟熏黑的烽燧

站在胡杨林肩上，瞭望着

瘦弱的河西

哀痛难眠的篝火

伸出滚烫的手臂，一次次

挽留着，被天堂召唤的亡魂

……

且等，饮尽这碗征战的苦辣

灌醉挤破胸腔的乡亲

再扬鞭跨上月色

向着风沙之外的长安

送去，最后一份捷报！

端午遇水

踽行至端午

总绕不开呛水的离骚，和

挟顽石把桀骜拖向幽闭的

汨罗

在回归深渊的寂静中

疼痛，才会如血丝渗出

望代的兴叹是唯一寄托吗？

着魔的逐浪，亦能腐烂吗？

伤害，诘责混迹于泡沫的抽搐

厌倦，选择最高贵的隐忍

缓慢沉湎，让凄绝的纵身

充满复活的期许

裁纫兰蕙，虚饰剑白韬光的喏嚅

揉碎情色，深嗅月夜遗漏的苍凉

所有伶牙俐齿，终为了

那股犁开河床的温热暗流

……气息窘迫，信仰翻滚无助

没有泥沙狞笑着推波

掏空的美梦，万难坠入

今生下世也无法挣脱的

致命缠绕

开悟灵隐寺（组诗）

一、飞来峰

敛翅的山峰是祖上勾勒的

但需要外来的仙指，点化

方可堂皇地永生

从此

俗世狂跳的奢望

在梵经缭绕中，被

反复摁进无量的胸鏊——

眼不见

根，便憋屈着清净了

二、一线天

道法莫测

有深渊的地方

头顶，总有一线天

用触不可及的梦想

劝解那些，暗怀千古恨的

失足者

三、华严三圣

烦恼跌跌撞撞

挤进山门，就想瘫下来

学业彷徨，多半

是冲着文殊的机智来的

可冷眼的普贤，更得敬啊——

温饱无忧，最怕私欲内讧

至于端坐风口的佛祖

每每，都把浪尖上的身家性命

一股脑托给了

不忍回绝的，慈悲为怀

……

拜完

沉重的足音，似乎一下子

变得空旷起来

西湖漫溯（组诗）

一、苏堤春晓

诗者，兴浓时

可以为己诵来春水

官者，意阑时

方会为民裁出春晓

二、残雪断桥

能把凌越恩怨的堤桥

折断的，除了跛足以远的残雪

便只有

遭过私欲弥天酷寒的

冰硬亲情了

三、雷峰夕照

流连于眉目之间的

感伤，在晚霞的沉吟中

被摩挲得

字字惊艳

句句揪心

四、三潭印月

想表白自卑的暗恋

皎洁的月亮，是

最温柔的私语

于是

深情被拙舌，窘迫地

重复了三十三次

五、南屏晚钟

如屏的石壁，镇不住

如悔的钟声

尤其，是在

星野汹涌的自虐时分

六、花港观鱼

逐着沉浮的诱惑

在天香的水花中兀自泼剌

随性间，活成了

别人干瘪的挑剔里

一道，扎眼的丰腴

七、柳浪闻莺

羞涩的垂绦

惶恐着青嫩的冲动

绿浪里骂俏的莺啼

像是在不经意地教唆

枝头上，那枚

鼓胀的鹅黄

八、曲院风荷

踩遍黑暗的脚板

往往，要用过分白净的吆喝

来抹饰龌龊的高低

而眼神贞洁的荷花

从不愿提及，浸在

淤泥里的双足

九、双峰插云

独立成峰的高冷

遥相，借健忘的流云

打着招呼

犹如，曲高的琴瑟

只能透过无调的清泉

抛段唱和

十、平湖秋月

也许

会在秋风力竭之后

怀揣余生未竟的涛声

枯黄地，面对一池静水

月光

晃着，全部的回忆

宝岛诗叶（组诗）

之一：日月潭

我爱上的人

总是拒绝我

就像冷艳的月亮

总是拒绝，热情的太阳

久求不得

凄苦如注

绝望的太阳，挥泪——

一头撞进

月亮，紧锁的心房

之二：士林官邸

刻骨的江山

落在，婆娑的凝望里

落在，漠然的涛声里

只有，命里的红颜

和沙哑的马嘶

伴在清冷的枕边

辗转难眠——

挑灯时

呜咽的剑锋，还在吗？

之三：台北故宫

战火中

最悲壮的一次搬家

硝烟里

最痛心的一次分家

……

之四：赤崁楼

拼杀了一生

迷茫了一生

最终，在远离故土的波涛中

用无根的游魂，筑起

一座巍峨的墓碑

让零落的后人，蘸着

思乡的泪水

在上面，镌刻孤独

之五：和平公园

洞穿心脏的弹孔

至今

殷红的仇恨

仍汩汩流出——

温和地，唱首挽歌吧

为，死不瞑目的民生

为，伤痕累累的民权

为，民族的枪口

不再对准，同宗的兄弟！

之六：阿里山

柔美的水

强壮的山

水，是山疼痛的眼泪

山，是水皈依的胸膛

姑娘似水

少年如山

水，把山融进血液

山，把水刻在心间

之七：爱情车站

乘着春风

去追赶命中的桃花

人生万里

只在，爱情小站下车

卸下飘摇的痴迷

升起炊烟

在酸甜苦辣里

浸泡，片片光阴

之八：淡水老街

容颜，都老去了

只是浑浊的泪水如故

咀嚼，都模糊了

唯剩难舍的回眺依旧

……

恩仇，都飘散了

只是贬抑的悲鸣如故

梦想，都褪色了

唯剩火红的晚霞依旧

德意志的火焰（组诗）

一、新天鹅城堡

忧愁的江山

病在音乐的梦幻里

痴迷不醒

风烛飘摇

灵魂，挺着敏锐的触须

随痛楚的天鹅

穿越死亡

泣唳永恒

二、特里尔小镇

那颗，不经意的火种

引燃了干烈的贫困

吼着暴力，从脚下烧向天边

共产主义——

一个，让上帝瞠目的

至美伊甸园！

三、柏林墙

围墙犹如堤坝

有落差的诱惑

崩溃，是最终的解脱

但，日渐枯竭的优越

又让惯于翻云覆雨的欲壑

心怀失意

妒恨难平！

多情意大利（组诗）

一、比萨斜塔

在唾液横飞的争辩里

华丽的公知，都是歪斜的

只有赤裸的真理

是垂直的！

二、翡冷翠"圣三一桥"

为了高贵的感动

瘫软的心，仰天枯坐

情欲，燃起爱恨的烈火

在没有尽头的煎熬中

把人间炼狱，空泛地吟哦成

——圣天神曲

三、威尼斯贡多拉

载满倾慕和温暖

在热烈的眼波里摇曳

今生，只与浪漫结伴

划着流动的爱巢

掠遍惊喜

永不靠岸

四、罗马斗兽场

贵族反胃的刺激

奴隶厮杀的游戏

最终，在一个

夕阳残喘的傍晚

喷腾的血液

淹没了兽性的狂热

也淹没了，狰恶的文明！

五、罗马少女喷泉

不敢看你

背对爱情

把狂跳的红心投过去

泛开的回波，是

动荡一生的默默追随

朱丽叶的阳台

缘着一级级幻觉

固执地攀向禁忌

攀向虚荣

攀向绝情

攀向，所有的不可能

只为，狂躁地痴迷

那些前世的拒绝，凄美的坠落——

朝深渊坠落，才能

洞破坚守的虔诚

飞扬，低吼的心魂

哀伤，是对诀别的祭奠

而自戕，是对

天梯的蔑视！

朱丽叶的阳台

看似，低于云端

实则，高不可攀

茜茜公主的长发

每天

都要把漫长的寂然

固执地梳洗一遍

容不下一粒凄楚

看不得，一丝颓丧

厚重的亲情

缕缕，没有暖意

单薄的爱情

根根，干枯艰涩

用善良揉搓悔怨

靠宽容抚顺愤懑

家忧国患

在指尖，缓缓疏通

突然，那天

泪水变味了

骨血凝固了

优雅的长发，瞬间

化作狂躁的魔咒缠绕不绝——

行尸走肉的哀鸣

被帝皇的宿命，自绝于心

绞杀在地

……

一帧，在心中定格的向往

一捧，太过沉重的童话

笑靥缀满，被虚荣嚼烂的末日余孽

无法随风轻盈地飘荡

希腊的颓垣（组诗）

一、帕特农神殿

折根坚韧的橄榄枝

阴柔的雅典娜，决绝地

与阳奋的波塞冬搏击

妄为的强权，兴风作浪

唯有背水一战的智慧

在生死的夹缝间

护佑着，贫困交集的篷帆

二、宙斯神庙

从贫乏的想象里生出的

众神之神

生杀，斗在手里

公平，含在嘴中

而锋利的欲望，不安分地

扎在心窝

三、奥林匹克

在和风里掩起了刀枪

人们徒手争抢着一旗庄严

争抢着挥斥指向

争抢着，对未来蔽日的吼声

奥林匹克

一场，不下战书的战争

泰国人妖

女人之魅，生于

男人垂涎

男人之惑，立于

女人揪心

虚女人之情关

实男人之色诱

左手，阳刚梦剑

右手，阴柔望水

一念成妖

半世消磨

唾手的体香

让男人欲弃不忍

飘散的英气

令女人欲悯还休

变种的人妖

如骄横的欲魔

撩着，男女难言的春梦

揪着，人性伤残的命门

耶路撒冷的眼泪（组诗）

之一：圣墓教堂

那颗悲悯的心，是

不会死去的

目光，宽恕了残暴

握紧上帝遥远的期许

绵延的眼泪

要带领无助的灵魂

走出，苦难的深渊

之二：哭墙

咬碎沦丧的屈辱

对着颓垣里寝食难安的大卫王

吐出，一腔颠沛！

古老的国，在尘埃里

新成的家，在硝烟里

之三：圆顶清真寺

虔诚地踩着先知的脚印

去寻找，自由唱拜的天堂

但，挤向天堂的博爱之路

早被同宗相煎的阋墙之火

燃成了，纷争无解的

人间地狱

住在热海

住在泪涌的热海

住在陈旧的柔板

与舞女的乡愁，擦肩而过

与武士的白刃，共赌长风

裸露在温泉里的大海

狂躁蒸融，威严荏弱

浸泡在贪恋中的目光

噬魂铄妖，沉溺欲仙

不灭的星斗

涂满了腐烂的誓言

唇齿昏暗，悲声难辨

色衰多病的歌谣，呆滞地

翻唱着嘈杂的容颜……

只想这样

拂去云水间的足音

与青葱相望桑榆

与春树相握暮霭

老在远方

老在，哀伤

第三季　情义无价

朗诵相伴，情真意切

珍珠的疼痛

对你的渴望

是埋入我心头的一颗沙粒

每当望着你时，或者

刻意转向他处

内心，便开始分泌疼痛

也不知煎熬了多久

沙粒，最终被层层疼痛

裹得严严实实

于是

一颗晶莹圆润的珍珠，生成了

珍珠有泪

刀割无言

只是，你对珍珠的疼痛

视而不见

在你身边唱歌

在你身边唱歌

唱我，走进沙漠时

学会的歌

常想起没有风的日子

天空接受了我的落魄

单调的黄沙，埋没了气竭的骆驼

笑声是那样空旷

散落褴褛的衣衫

绿洲，是唯一的情书

追逐着飘洒音乐的云彩

天边，并不遥远

……

在你身边真诚地唱歌

虽然我，没能走出沙漠

感恩节·赠中年

都是浸透血光爬过来的

问候，是残忍的——

给你我的远山

满目凋敝

给你我的才情

病马长嘶

给你我的富贵

沧海一笑

给你我的生命

未老先悲

或者，给你我的诗歌

咿呀学语，稚嫩不堪

......

只剩我的注视

飘忽不定，羞愧难当

雪松的恐惧

——致阶梯上的友人

志在白云的雪松

终于，挨近了一个甲子

冷眼看，像尊自负的宝塔

坐拥一方水土

随根须膨胀的欲念

踩着本能向上攀缘，只为

争先呼吸那缕耀眼的诱惑

与严冬反目时

寒雪，压满苍翠的身躯

筋骨相牵

重叠的冰冷，都是

由上层的枝叶逐级扛起

就像扛起迷茫，扛起慌乱

扛起了失足岁月

于是

傲然顶端的那簇松针，便只剩下

八方箭矢，十面埋伏

只剩下毫无遮拦的恐惧

难以作为的焦躁——

摇摆的高处，遍布

夭折的天机

踉跄地苟活

暗恋的日子

幸福的日子

跑得像白驹一样快

痛苦的日子

爬得像蜗牛一样慢

暗恋的心悸

时而是奔跑的白驹

时而，又是爬行的蜗牛

在摇落繁星的问签里，怦然无措——

白驹或许常踏幸福

蜗牛，也未必总驮痛苦

……

还是一个人走吧

这样

也许路，会感觉很遥迢

至少日子，像是

比别人活得长些

放不下你

放不下你

犹如，海浪放不下沙滩

失眠的昏沉，一次次扑向你

却总是，被惊醒

拦在霞光之外

月亮不耐烦地挥手驱赶

让暗昧的呢喃未敢久留

潮落说服潮起

挣脱的双眸，匆匆舔舐着

遍地哀嚎的缺憾

海浪放不下沙滩

犹如思恋，放不下心痛

荒塔

岁月掳走风铃后

塔，便沉默了

高攀不上的情事

透过懒散的蛛网

黯然目送着，鄙于停留的风

被浮言冷落的台阶

用荒草，抗拒着撩逗烛芯的香客

拂去红尘的期许

皈依成一页页晦涩的经书

等心仪的风，解读

……

风来时

把痴做成茧

风走了

把茧，抽成丝

残忍的月亮

真后悔

被魅惑的月色拉住

成了一颗孤单的卫星

循着时近时远的暗示

一次次，被抛向

周而复始的灰心

真怀念，自由自在的游荡

随情追逐着惊天泣地的碰撞

催生万物

血泪当歌！

来一次内核决绝的燃烧吧

纵然化作流星

也要挣脱无期的囚牢，呼啸着

扑向缀满希望的夜空

风之归宿

——致山居的友人

那只藐视繁殖的孔雀

敛起高空，寻

凡夫却步的幽谷筑巢

梳理坐冷向暖的吐纳

静候着，曲径探幽的青萍之末

摇曳于碧潭的眉梢

追逐成深邃的长风

身披僵硬的经书，沿袭

远古的放纵

敌意，隐没礁岸丛林

飞沙走石，惊天狂号

无谓地纠缠

消耗尽傲世的势焰

挥洒完，不羁的底气

回不去了

如烟的臣服，王者的蜃楼

掠过草莽的诱惑

把最后的虚无，歇息在

孔雀抒怀的晴朗之间——

屈从羽冠的低垂

孕育尾声的轻柔

红玫瑰，白玫瑰

红色，是妒火

白色，是心香

仓皇的青涩，在妒火的追杀下

已了无踪迹

只剩下孤注一掷的沮丧

在袅袅的荒诞里

撩拨着，狂欢的灰烬

纠结一生的选择

让誓言，无地自容

……

红色，是浪掷的青春

白色，是虚乏的归途

没有你的天空

触到你的深情

我的缺陷，要疼出泪来

鹊桥，已被汹涌的唾液淹没

错过的身影，只能留给觊觎

烦躁的妥协

隔着发霉的婚纱，一次次

把幽暗的妄想咬碎

嗜腥的解脱，孤楚难咽

……

没有你的天空

风，也寂寞

溶

不，我不愿这样

无力地倒入你的怀抱

虽然我像一滴露水

可怜巴巴地盼着

草叶的每一次迎风缱绻

我，没有你那傲视天空的自信

绿色的生命浸透蓬勃

可我晶莹、透明

柔弱的身形，常化作你眼中

一颗感伤的泪

不，我不愿这样

无力地浮在你的叶面

我要从叶梢勇敢地跳下

即使粉身碎骨

也顺着散开的根须

溶入，你的血液！

情人节

深情藏在哪里

唯有玫瑰知道

寻遍嘈杂的夜空

月亮，是偷情的眼睛

惧怕针刺般的阳光

一生的觊觎，只能

霉烂在遥远的致意里

……

给愧疚放次假吧

随玫瑰去幽会

除却今天

情人，没有节日

穿心

裸露的身躯

被一柄阴柔的剑鞘

从背后，刺穿了向往

无意亮刃的剑锋

兀自，躲在血腥里

彷徨无措

濒死的愁容

让云集的雷电，欲号无泪

无花果

有的人

先开花，后结果

有的人

只开花，不结果

而你

不开花，只结果

……

循规蹈矩的怨气

会让慵懒的完美腻得发慌

时时，冲着远方的鹰背

咆哮

可，没有果实的浮肿

嶙峋的残花

常被歹毒的阴风

吹得泪雨飘零

完全无视，摇曳的洒脱

从不招摇的你

憋足了劲，悄悄成长

倏忽某天，一鸣惊人

满枝累累硕果——

缺了盛放的舒怀

余生，被重负压弯腰身

你，总是咬住嫉恨

低声哼唱着

那些，轻松的晃花

信任

爱你，有一万种方式

但信你，却

只有一抹眼神

动情的春风

吹乱了脚步

吹乱了心跳

吹乱了一池羞涩

吹乱了一脉江山

福祸，欲说还休

背负荆鞭的匍匐苦行——

咫尺，禁为天涯！

信你

想让乞讨的灵魂

随一抹迷惘

住进你，慈悲的心里

不再漂泊

忧郁的心

忧郁的心

总也睁不开眼

游荡在梦境之外

饥渴的刺痛

沿着你的轻蔑，跌跌撞撞

看不清，负气追逐的

是高悬的风铃

还是，惨淡的青灯……

咬住稀薄的脉动

用荒废的年华，拼命咀嚼

忧郁，是爱情的影子

只要思念当头，便

挥之不去

源头

直想，听听你的声音

藏匿很深的岩浆

隐约的，咸水湖

在没有眼泪的日子

守着眼泪一样珍贵的源头

卧身赤裸的虚幻

与口拙的青涩相伴

拉上儿时的夜幕

用平缓的跳跃

略过驱风翻滚的往事

一句情诗，游遍大地

溢满的感伤散入泥泞

叠映的，永远是失宠的瞬间

望着漫向麻木的清澈

我在源头，站成信念！

无根的雪花

你，一定看得到

我对你的绵绵爱意

虽然，我只是

撕碎的花瓣

凉透的痴情

离开灰暗的阴谋

离开传说中的天堂

离开清高的枯枝

离开，刺骨的空旷

我，雀跃着扑向你的怀抱

扑向云地间唯一的温暖

渴望融化成喜极而泣的春潮

在炊烟振臂鼓动下

摇醒，冻僵的月色——

也许

你并不是我归去的根

但你定是我，回家的路

思念

不敢静下来

肿胀的幻影挤压着气馁的脉络

游移于旷野的目光，一夜间

托起全部异性的鄙视

苦和乐再没有界限

时间，莫名其妙地忽快忽慢

彷徨变成浓浓的咖啡

飘浮的清香

让所有的退缩，惊惧

渴望抚摸的纤手

静静伸向疏离

裸露的溪流，勃发震颤的丰腴

河道扼杀了无数次鲜活

泛滥的青纯沉淀成泪痕

松弛的肌体，蔑视着安宁

逐渐扩散的忠贞

被无路的畏怯阻隔成皱纹

惨然一笑

拥有，并无内涵

余音

情越凄怆，恨愈绵长

犹如撞钟——

对抗越刚烈，余音愈幽怨

生硬的恋歌，裹挟病态的阴翳

穿透唾面隐忍的锈迹

震落矜持片片清冷

眉目匹敌的哀愁，酿作一句

吞泪为诺的战书

空落，沿着悲愤偃旗绞杀

裸裎的天籁，惦记着招降的念白

铿锵的韵脚被语无伦次碾碎后

袅袅的灰色啁啾里

禅意，款款飘来

流星

惶惶的祝福随你而去

像流星，随夜幕而去

飘摇的希望，一瞬间便烧光了

灼热的伤痛

让夜空，闭上怜悯的眼睛

在浑噩中抱住惊厥

潮涌的心血鼓满浮肿的帆

殷切的注视，屡屡

与高傲的掠夺擦肩而过

既然噪音已经萧条

目光，遥远而苍茫

就将绵软的祈祷，在

坚硬的黑暗里

交给辉煌

交给悲壮

重逢

不经意的重逢

怎会记不起名字

可，锁在梦里的闪电

还是挣脱乌云

挟惊雷，把错愕

瞬间击成冒烟的朽木

迷癫，一路饥渴难耐

倚着丧心病狂

委身于见不得阳光的

幽冥四壁

弓起脊背，徒然抵御

作孽的风月

相思的华彩

从飘渺之年奏响

再见时，率性的余音

虽萦绕不倒

但，引来春潮的回眸

却随猥琐的泡沫

惶惶散失在，皱纹般

秋波之外

……

是那句老套的托辞

让多少情愫，在

伤及灵魂的电击中

化作了，青烟朽木

后羿的箭

人

这辈子，不能太贪

既然头顶有轮明月

就不要，再去追逐太阳

魅惑漠然落山

万籁惊悸

妥协捧着黑暗，用

未老先衰的牙齿

一遍遍啃噬着，不知羞耻的幻觉

纵有幽怨当空弥漫

钟情，总像身上拍不掉的月光

高烧不退的太阳

最终属于谁呢?

可能只属于，颠顸粗俗的后羿

随意射出的箭!

帕格尼尼·柔美如歌

深情，都是如歌的

可以低吟

可以长啸

也可以，盘在僻静的怀里

温润为玉

琴弓缠着琴弦

就像，焦渴缠着清泉

情人急不可耐

风霜，从容不迫

……

只要是真的

嘶哑的颤音，柔美如歌

大连的海风有毒

大连的海风有毒

尤其是在酷暑

凉爽的午寐

让萎靡，暂时忘却了

脚下骚烦的岩浆

春天就不用说了

万物复苏，和风慵懒

本能只会戕害，似乎

永不枯竭的悲喜蜿蜒

金秋，有辉煌的仪式

宴席随咸味散去

觥筹各奔东西

告别，需要烂醉的勇气

即使步入严冬

无情的白雪，掩埋了所有叛逆

疼痛，会咬碎麻木的朔号

一遍遍吟唱着黑色幽灵

人缘，潮起潮灭

日渐灰心的岸边

有一帮炼毒的兄弟

他们扬帆归来，百无聊赖

把回忆炼成大麻

把暧昧炼成冰毒，为了

远方的哀伤

最终，把苦恼的海风

炼成了余生再难戒掉的

海洛因

陪饮

你，只爱冰啤

刀霜发抖的那种

大半截烟云

来自历史深处的咳嗽

招招入理的铁砂掌

抑或，嘴边忘记的语录

都是酒肴

只喝，酿满冷笑的回忆

不屑撒满各种调味的现实——

莫管是凉拌的，还是油炸的

一概视若垃圾食品

宁肯饿着

也不愿以口试毒

因为，洁身

才是最高的养生之道

当舌根被麻木催眠后

你戚然了：伦理和道德

化缘来的条条鞭痕

应该在进食前

被血红的暗语，反复清洗

生死，共浴一轮太阳

——致杨炼

披散的豪情

只啸长风

流亡的愁绪

只酿烈酒

挟持自由服刑

困境，踩烂坚硬的月光

面向下世大笑

生死，共浴毒辣的太阳

掠遍所有逃避的痴慕

攀尽一切高耸的决裂

才会拥有

缠绕鹰翅的浩荡愤怒

撕碎虚空的无敌湛蓝

肉躯，为舔腥的利刃而生

魂灵，为寡欲的伤口而死

……

在大海停止之处

寻风暴瘫软之时

静静等候，那句

划着皱纹皈依圆心的

拗口谶语

贴心的镜子

——致唐晓渡

冷静得像面镜子

为熙来攘往的歌者正冠

给五味杂陈的口型定格

让诗情，在凝视中溢满泪水

翻开各种音色的喉咙

惊喜，涉过词语的甬道

用远古的回响

镶嵌七彩的鞭子

再默默升起风帆

把伤痕，送上天际

旁观的拯救

吊起难以自拔的悖谬

任自戕灼烤编年史

泛黄的独白

随愁闷的书签，失眠

……

悲悯，是涂在

喧嚣背后的水银

反射着聚少离多

而，那道最孤独的裂纹

深深藏在，贴心的

视若无睹里

活雷锋

——麦城速写

醒着，就愿

重复两个动作——

右手举杯

左手举人

流连于手势起落的暖风

禁不住唧唧私语：

这姿态，咋和从前悬挂的榜样

如此相似呢

蒙羞的尊严

——致穿越孤独的诗者

一到晚上

蒙羞的尊严，必定

与游荡的诗魂抱头痛哭——

策兰，洇透悲腔的宣叙调

达维什，压折鸟翅的国境线

布罗茨基，被逐异国的母语弃婴

阿米亥，枕在枪膛里的断臂西墙

没有蔑视生死的酒精灼烧

黑暗，着实挣不脱

浑身勒进深仇的锁链

月色醺然的时候

鬓发斑驳的荣耀，扶着窘境

只想缠绵陈年的落花

……

自从，一丝不挂的歌喉

被刺刀的寒光冻伤

失去节奏的醉梦呼啸，便成了

穿越欲望的唯一高潮

深度陪饮

——再致麦城

想用冰冷的啤酒

浇灭高烧的才气

必须要空腹，才能奏效

除了腌制的谶语

所有菜肴都已毒入膏肓：

忧国，正心绞痛

忧民，犯肌无力

而忧友，也脉象飘忽

酒量，拼不过往事

可酒胆，足以吓退黑暗

咆哮起来，让谎言

生不如死

至于暧昧的酒品，堪比

哀鸣的琴键

……

活着，见怪不怪

只求每晚问遍酩酊：

当灵肉裸奔时

那些消失的鹰翅们

会否趁着酒劲，放肆地

扭打在一起

难缠的生日

——赠一位踽行的友人

今晚

甩开尾随的衰老

让心情，挽住春颜

阵痛撕裂幽冥

啼哭，预演了终结

醺然的花粉随欲而舞

已分不清，是

血脉的回归，还是

邂逅的孽缘

岁岁踌躇

刻意忘记的烛光

总在错误的问唤里燃起

几声羞红，被谙熟的风

哂笑着吹灭

眼神，躲闪着难缠的生日

惴惴不安的年龄

就怕，被衰老的魔咒

盯上

剩下

——致坚守内心的友人

青春吹过

剩下了谁?

剩下了空谷

剩下了幽香

剩下挣扎的回声

剩下，讪笑的远山

一样捉梦

一样破梦

只是，不一样的潮湿火花

不一样的陌路知己

自折的青春

吹走了缺血的枯枝

吹走了反胃的盲从

剩下明眸皓齿

剩下，月倦柳梢

……

青春渺然吹过

掳走了，心迹晦涩的情书

掳走了，缠绕山巅的邂逅

剩下恍惚的白云

剩下，无风的死寂

青春，从这里走过

——致母校大连海事大学

青春，从这里走过

结拜白杨一握

白杨早已参天

空对残云落寞

青春，从这里走过

惊醒玫瑰一朵

玫瑰早已凋零

唯剩刺痛赤裸

青春，从这里走过

拍起涛声一波

涛声早已嘶哑

吐尽楚涩壮阔

……

青春，从这里走过

挥就诗篇一铄

诗篇早已成灰

余烬随风婆娑

四十周年感怀

——献给大连海大自'79入学四十周年

四十年

是飘在梦里的四十层迷雾

是烙在心间的，四十道皱纹

四十年

是击倒青颜的四十挥重拳

是碎在嘴里的，四十颗眼泪

是四十缕炫耀的阳光

是四十弯怀中的月亮

四十年

是穿越暴怒的四十条闪电

是压过浪峰的，四十尾风帆

……

四十年

像四十枚苦锈钉子

把我们散落的思念

牢牢地，钉在一起

四十年

像四十重绝情岁月

把钢铁般坚硬的脚步

风化成，不愿回首的

断壁颓垣

悼念诗友冬青

冬青，有一副常绿的歌喉

像其他自信的爱情一样

春来开花，秋去结子

只是思绪高耸，从不畏惧孤寒

喜欢在严冬，舒缓展示

生命蓬勃的底色

还时时用温暖的诵诗

融化结冰的失意……

可辛丑年的情人节

当冻僵的花香已经甦透春心时

冬青鸟语般的吟哦，却

突然不辞而别——

说是，厌倦了人间

周而复始的恩怨枯荣

驾着常绿的诗歌，去了

为爱虚华的天堂

月全食随想曲（组诗）

——丁酉年腊月十五夜象记

一、超级月亮

今晚

你，离我最近

可以醉进你的肤香

可以触破你的彷徨

躲过，妖言戳心的流矢

我怯怯地张开干裂的晨曦

却总也品不到，哪怕

一滴甘露

二、蓝月亮

上次，与绽放擦肩而过

心波未兴，青懵不觉

春风一别，浪掷的飞雪白了眉头

拨开桀骜龃龉的群山，黯然喘息：

身后，已是满目的——

荒诞不经，去意盘桓

……

歧路迥异的温差，让再见

成了一味发霉的废药

于修补年少残漏的缺憾

酸苦而无效

三、血月亮

纵马江山，屈辱向王

猎猎一生的旗帜

终被身世厚黑的利风，撕成

嗫嚅的尘埃

唯见，殷红的浪漫

总在肃杀绝处

从伤口，幽幽流出——

翻越低沉的长歌，去温暖

万千，遁入野史的流寇

送别

净身，瞑目

拖着绵延的牵挂

转向黑暗

随引路的火焰，离去

赶来触摸无常的

都是，敬畏阳光的亲情

习惯与断舍轻手试探

突来的孤寂，隔着称谓

在火焰搀扶的剪影里

错愕无序……

敬畏收容的火焰

如同敬畏，慈悲的阳光

第四季　古韵新赋

朗诵相伴，情真意切

武陵春·南湖红船

肩载南湖王帝愿，美梦隐烟楼。城垛禾香没苦愁。抒目览高秀。

躁乱山河波涛诡，赤焰引风流。火种天烧映夜昼。常扪初心求。

卜算子·蹉跎云鹤

意戒风流魅，伤恨酥心祸。霸气霞飞云生情，鹤步蹉跎惰。

遍种青年志，乱草花田破。欲起身追春光遥，举翅难翮烁。

钗头凤·波中月

波中月，撩心虐。荡漪频闪求欢切。寒风落，痴情破。一腔期许，碎埋秋色。惑、惑、惑。

相思掠，分意决。尽弹离恨哀宫阙。更声浊，忧烦昨。重拾清泪，旭阳深阔。过、过、过。

五绝·春心

梦里数风残，

游魂对雪眠。

怦然春意跳，

菲雨乱窗前。

五言古体·情遇^①（组诗）

（一）

沉静香弥飘，

鱼游浪里俏；

落帘等贵人，

雁来撩心跳。

（二）

一心觅佳媛，

见君不思返；

钟意梦相亲，

情真两缠恋。

---

① 本诗为藏头诗。

（三）

情意水流长，

迷乱逐潮涨。

美眸笑星空，

人悲月色朗。

（四）

似玉春闺中，

水叹镜妆容。

流言妒春梦，

年迈回首空。

（五）

情深岁已寒，

归身忘忧潭。

何语相凝望，

处处叹罗衫。

一剪梅·姑苏逢雨

情意姑苏雨最真，急若相拥，缓似相嗔。心携风信叩窗门，密催英才，疏唤佳人。

愁涌江南雨作魂，浓抹刚阳，丝挑忠贞。花痴零落悲云深，欲恨难能，苦念无痕。

七绝·春怨

蜂飞蝶舞烦丛绕，

凄楚送怀热泪娇。

欲借春风飞千里，

只闻情怨路遥迢。

如梦令·春梦

总被温情媚诱，尤怕莲音轻叩。泪重梦春惊，刹那叶枯缠斗。伤透，伤透，今夜风寒云皱。

十六字令·问签

签，翻滚笼中倍炙煎。平身跃，赌命一丝天。

签，欲霸香甜苦在先。坦途病，磨难向峰巅。

签，自有吉凶半分缘。轻福祸，念善寿无眠。

水调歌头·叹春

流水不定性，河欲泯常踪。情汹痴悔恩仇，难挽意向东。曾梦舟楫帆影，命定颦眉沉降，峰浪险峥嵘。胸壑寂寞事，回首万波空。

揪心歌，乌云诧，羞相隆。蘸涂清泪，铺夜书倦月辉浓。钟爱癫如花放，缘浅还添霜重，天落古今同。风紧叹垂英，春老步匆匆。

南乡子·端午怀楚

　　端午暗天光，霾祸山昏现血阳。追恨逝水魂不现，凄怆。千载汨罗歌绕江。

　　寻迹粽抛香，箬叶青舟念恨长。天问抒悲文愤弱，图强。荆楚忧国才俊殇。

七绝·感怀友人春游杭州梦溪园

江南春老花为伴，

醉眼捉灯欲拜仙。

山阻水叠心掠处，

唯怀西子梦无边。

俳句·低头吟（组诗）

（一）

樱舞泪沾襟

情刃春日美人心

花碎缘未尽

（二）

蝉鸣恋高木

雨乱来时侘傺路

感伤赢似输

（三）

红叶漫山燃

纵欲似火终成憾

能不敛从前

（四）

雪洁逼人傲

渐入佳境品自高

才识寒梅俏

鹊桥仙·风锁江浦

风锁江浦，雨袭滩巷，野雾孤云游荡。情约漫漫斗无途，只剩下寻欢凄怅。

天光有容，枷锁无度，咫尺嘘寒相望。浮沉方悟路行难，怎怨恨因缘沦丧。

俳句·情深浅唱（组诗）

之一

风动花蕊随

爱意轻舒眉眼追

何须言辞累

之二

月下独徘徊

欲叩窗纱费疑猜

不觉夜将白

之三

春尽梦吃酥

梨花蔷薇疯满路

痴狂万物妒

之四

行色渐迷茫

思恋刺骨寒意长

抬头见夕阳

之五

人活一捧情

恩似佛祖佑余庆

终为慈悲行

七绝·拱谢刘海彬仁兄馈赠诗集《东南西北辑》

南北青山未尽楼，

东西海内笑风流。

持刘刈净人间堕，

有苦彬彬叹晚秋。

七绝·书敬"闻道园"王卫园主乙未年初冬邀约

王侯阅尽盛衰容，

闻道朝夕亘古同。

寻觅珍缘情尚浅，

把觞深处泪无踪。

七律·和友人《西窗春恨》

多恨抚伤春月昼，

西窗独剪困烛楼。

频描知己何荒诞，

偶叹惊奇岂绸缪。

且惧邂逢识诡虐，

犹怜深处病俗愁。

纵谪花炫弹人眼，

难御香薰摄心头。

虞美人·霜降

　　愁多方懑千樽少，同道霜深邈。叶红歌罢哂书生，身转空余心涩咽孤灯。

　　东风忽梦劈云皎，犁月丹桂老。有缘诺遇嫩黄时，情窦泪萌身俏理连枝。

五绝·秋夜客

风轻佑梦香，

月沸闹前窗。

疑是迟来客，

开门满目霜。

声声慢·秋声倦怠

秋声倦怠，血焰轻扬，萧索独语空廊。罔顾青丝，浓淡不解红妆。遥念寒冬寡欲，剪飞白、深埋情殇。待来世，细敛千滴泪，抛洒蝶香。

只愤病容难去，夜梦惊，愧对风癫雨狂。悲从少年，驭志穿云翱翔！掠遍人间黄叶，归来迟、无根栖惶。厌圆月，烹往惜、醉饮斜阳。

如梦令·残秋

总是深缠目秀，常惧泪语先皱。心冷厌春红，衰意雨欺残漏。思偶，思偶，孤楚良宵依旧。

苏幕遮·急来冬

急来冬，伤怨气。秋雨仓惶，掳走江南碧。鹰恋残云情愫抑。日近衰红，霞舞空悲唳。

怀春遥，追远翼。穷尽檄文，方恨情无替。长路漫弥何处寄。行索孑然，帆卷柔风溺。

蝶恋花·寒雨江南江北雪

寒雨江南江北雪。一样哀愁，凄冷怕吟月。春远秋匆冬难却。知音隔怨歌相越。

缘本同宗亲胜血。一样柔情，时舛家多虑。路仄心高凶影掠。潸然咫尺湿孤雀。

点绛唇·岁尾多魔

岁尾多魔，江南淫雨携寒注。忧霾满谷，云路在何处？

抒啸冲栏，朔号缘风苦。舐伤骨，轻拍卧虎，冬至询天渡。

六律·放下

哀鸣炙在吴钩，

欲望羞于艳囚。

妒怨常痴泪溅，

仇嗔难掩心忧。

频迎丽色浮媚，

倦对知音释愁。

遍地翻腾草莽，

揭竿风劲王侯。

菩萨蛮·他乡游子老

　　浦江潮越浊波阔，苏州河暗衰阳落。醉卧诺情真，惺眸无故人。

　　他乡游子老，常涕春风少。悔未魅星繁，枯心抱月残。

第五季　花草心语

朗诵相伴，情真意切

薰衣草

等待爱的日子

高贵的春梦，铺向天边

梳理翔羽的情窦

不停望着奔放的窗外：

何时，会起风呢

——哪怕，是野性的骚动

蒲公英

生来无畏！

一言不合

起身，便远走高飞

无论乘着任性的风

还是自由的心

只要落下

又是，一轮新月

一扇新家

樱花

转眼间

雪花一样舒放的痴心

便被，笑里藏刀的春风

悉数砍落

翻飞的一夜激情，散发出

松弛的寒战

踩烂的悔丧

迎春花

天一晴

就急切地把春天的召唤

挂上枝头

熬过寒冬的思念，顶破压遏

迎风开成了，朵朵

劫后的欣慰

金色的恋歌

红玫瑰

面对，排山倒海的攻势

除了惊恐乱舞的芒刺

还能用什么来御敌呢?

饮血向爱屈服

是芳心，唯一的选择

水仙花

没有难缠的对手

便，没有肉搏的亢奋

在虐心的诱惑里

躺满自己乜斜的倒影

自恋，有时

像高空肿胀的白云

只能，与山巅慵懒的积雪

风暴相对

惺惺相惜

天竺葵

在黄昏的和风中

不期而遇

幸福，就在街角耸肩

有了你的邂逅

清苦的咖啡，粗野的调情

突然间，变得

直触心灵

余韵绕梁

仙人掌

焦灼的心，像凡人一样

时时渴望雨水的青睐

委实厌倦了，阳光

热辣直白的纠缠

举着枯瘦的花朵

在风沙里盼了一生

临终，方幡然醒悟：

不离不弃的太阳

才是，天定的神仙眷侣！

白玉兰

白净

是自爱的容颜

玉洁

是自尊的品格

曲高必定和寡

禀异，不求知音！

向日葵

病态的迷痴

追着你的光芒，驰过中天

刺眼的傲慢，却不屑一顾

驾着狂躁的烈阳

扬长而去

……

意淫的忠贞

一出，只有配角的闹剧

桃花

攻城略地

百战不殆

但终被，狐媚的桃色

轻松俘获

甘愿解掉所有戎装

囚在花蕊的斗室里——

被锋利无刃的温存

阴毒地折磨一生

勿忘我

把我的体温带上

把我的耳语带上

抵御夜露、薄霜

看淡流云、野风

勿负一缕初见

方能，无惧天涯

含羞草

不敢直视突来的幸福

用满手羞涩，捂住

怦怦乱跳的爱慕，和

惴惴不安的未来

低眉一笑，或许是

最动人的表白

最无悔的献真

马蹄莲

抖缰辽阔的梦境

我愿变成你强健的马蹄

终身，被情鞭笞

被爱践踏

走遍喜纵悲抑

唱尽山仰水垂

深情地用哒哒有力的号子

支撑你，伤痕累累的脚步

双生花

亲近，就像蜜炼

腻死了爱情

滋活了亲情

爱情和亲情，犹如

同枝的冤家，孪生的劲敌

永远——

势逼水火，你兴我亡！

梨花

满头摇曳的银发

一直，问着活泼的春风：

"拿什么爱你呢

清新的可人儿？"

春风能说啥呢

"吭吭"干咳两声，低头

轻轻抚弄起，满树

柔软的洁癖

雪白的沧桑

康乃馨

温馨的怀抱

透满，儿时的味道

总怕爱得不够，冷落骨肉

像干瘪的乳房，终生

期待着永远长不大的孩孙们

贪婪的吸吮

无度的索取

月桂花

把苦求不得的无助

和，难以悬挂的挫败

织成诗歌的桂冠

让悲情，在低垂的吟诵中

永生……

花香，戴在头上

苍凉，疼在心上

昙花

只能，在朝露凝泪时

悄悄为你

张开深藏的美艳

绽放一生的绚烂

薄命的私情

幽暗的报复

何时，才能指证

招摇的阳光？

荷花

并蒂，厮守着

同根，牵挂着

今生的情丝

穿过摇摆的虚荣，在

泥泞里若即若离——

怕是纠缠到后世

也拉扯不清，斩舍不断

鸢尾花

绝望，是天才

最骇俗的创造力

虽然怒放时，常被

围观的庸人群起嗤之

雪莲花

高耸的人生，直插

诡谲的孤寒！

冲刺极限时

一场，必然遭遇的

冰雪奇缘

问顶绝峰前

一段，窒息索命的

诛心陪伴

秋海棠

滴血的别恋

吊在，虐刑的枝头

哽咽了千年

消磨残秋的婚配

不过是，那只

掩满鄙夷的体面花盆

红梅

在白刃翻飞的严冬里

俏红的笑靥，傲点绝壁

征服残酷的冷漠

有时，尚需

一抹爱意

一缕清香

君子兰

长袖舒展的，岂止是徐徐清风

求我者，送以柔中怀刚

助我者，报以真诚守望

心中盛开的，何止是沁人芬芳

近我者，感之无欲

远我者，念之无恙

中庸，是一丛宽厚的臂膀

总把漂浮的干戈

谦让间，拥为

绵柔玉帛，手足情长

黄风铃

清明，一定有雨

打湿裸露的亲情

听着，赶来敬拜的风铃

哭哑了嗓子

今天，总要流泪

冲开一切郁结——

目送愧疚的感伤

搀着金子般的恩泽

在灼痛的香火中，涅槃！

紫藤

你是挺拔的情怀

我是攀援的追从

沿爱寻恋

泪枯而亡

你是我的身躯

我是你的命脉

血肉相连的缠绕

前世今生的许诺

谁料，依然

——背叛鳞体

危机四伏

茶蘼花

夏天尽了

你才，姗姗露面

踩着败落的百花

哼着，末路的轻蔑

……

惊为天人！

这次，真不想错过

哪怕又是一场

伤心的智障游戏

无果的捉对绞杀

风信子

死去的爱

可以重生吗?

执拗的辩白

年年，开满寒梦的坟茔

幻想着——

沉睡的蓝色往事，会在雨后清晨

揉着温煦的双眸

随踏青的春风，醒转过来

百合花

采片丰腴的花瓣，祈求

谷底翻身

心想事成！

花瓣敛住失色——

哀家命将碎矣，何能

伸手奇迹

诸事顺意？

金线菊

一旦坠入你的眼神

便葬身在，渺茫的苦海了

放弃徒劳的抗争吧

于情殇的悲悯里逐波漂浮——

漂到爱入膏肓

漂到，心帆沉没

牡丹花

雍容，骨血天成

华贵，魁首扶风

即使家道中落，命途多劫

也要活得，宅心仁厚

字正腔圆！

山茶花

点遍鸳鸯！

命中的归人，躲到

严冬离去了

才肯怯怯吐露心香

良宵梦短

谁知，刻薄的春寒

照样不依不饶，把

万般难舍的体温

一片片，从怀中

强行掳走

龙舌兰

犟直脖子

咽下轮回的艰涩

今世，只为勒进反骨的枷锁

开花成奴

纵然拼上毕生气力

也要给你一句，命一般沉重的

誓言！

木兰花

一切善事功德的

圆满花开

转身于，尘世恩仇的

黯然飘落

唯有

跨越凡胎，张开博爱

忧心忡忡的惊魂

方能，跟上无量的引领

裹着愧疚

飞向天堂

绣球花

只要，和心底的温暖

拥在一起

所有的阴冷，便会沿着泪光

开出锦簇的希望

虚幻的美满

让死亡，变得

恶意舔胸

妒火中烧

罂粟花

艳似绛唇，香吻欲滴

解渴的美丽

常常，隐身讨命的鸩酒

疯狂过后，百念嘶哑

只剩，痉挛的心脏

像三更的木鱼，敲打着

一蹶不振的残生

圣诞红

脸，涨得通红

心，一个劲狂跳

听伯利恒的雪花说

今晚，你要从天堂降临

期盼，一怀恻隐的施舍

祈求，一句宥恕的忏悔

……

从此

凡间顿悟，万物重生

痛苦，有了倾听的耶和华

罪恶，有了沉重的十字架

满天星

一捧，洁白无欲的繁花

一群，晶莹闪烁的童真

喧闹在无垠的夜空

期待着，为月亮姐姐的上场

摇灯欢呼

披云起舞

木棉花

每当恫吓走近

温顺的躯体

便会，蓦然迸发出

坚硬的骨气

拼命的豪迈——

宁愿

春日梦断，血溅白云

也要用巍峨的胆魄，卫护脚下

厮守的泥土

贫瘠的至亲！

石楠花

暗如迷茫，孑然前行

照亮远方的

只有，挂在头顶的梦想

口渴了，饮杯父爱

身乏了，眠入母慈

但思念掏空了，魂魄烧残了

却只能

用多情的诗歌浇愁

靠善感的音乐，疗伤

……

曼珠沙华

情愫花开日，叶尚懵懂

雨急叶茂时，花已老去

共根缔结的恩爱

同心暗许的姻缘

却落得，花叶寻不到梦

相思梦不见路

血红的哀鸣，守在

劫后的黄泉路

向命眺望，沉沦成魔——

纵被报应千次，刀剐万回

情债不还

不敢瞑目！

夜来香

早就烦透了

一向强势的太阳

晃着一身反骨

夜夜游荡于地狱边缘

痴迷，怀揣敌意的香艳

在战栗中

吸入生的刺激

在刺激中

呼出死的恐惧

三角梅

三角围起的迷恋

厮杀成死囚般的牢狱

一心想捕捉

那汪，惊厥的闪电

一直在等待

那叩，回荡的春雷

意驭祥云，运问九天

学富五车满，衣足仓廪实

香火，萦绕膝前

口碑，刻在风中

把酒言欢，无醉不歌……

但，没有真爱

所有喧嚣的粉饰

都压不住心底

那句，悠长的悲啸

月见草

希望的眸子落山后

步履黧黑的暗恋——

懊恼得，好像

一错再错的星空

自卑得，恰似

一贫如洗的月光

虞美人

生，用摇曳的妩媚

献爱

死，以喷溅的鲜红

示贞

"虞兮虞兮奈若何"

——回荡千年的英雄不舍

情起飞扬乌江

疯于泣血泰阿

石榴花

甩掉风雨，挽住晴空

红彤彤的宣言，在

翠绿的神往簇拥下

向着恩许，粲然怒放——

掰开肿胀的洞房

粒粒子孙鼓着圆润笑脸

挥舞孕育雷电的彩云

铺满，浸透蜜汁的心田

牵牛花

就像匍匐的众生

即使活在底层

仍要拼命，用根中凄涩

开出绚丽的色彩

东风起时

凭着夺目的身姿，柔韧的扭曲

攀上得势虬枝

也算

门楣生辉，压人一指

茉莉花

拥有你

就，拥有了全部

细碎的馨香，经年的缭绕

远胜过

呼啸的海誓

厚重的山盟

红豆

情缘，怀千缕惋惜

相思，寻万般寄怀

一粒

且解，当日苦闷

百颗

难遣，一世揪心

苦菜花

把凄苦咽下去

用血汗酿成乳汁

以笑靥，开出香甜

只要熬过贫瘠与干裂

一切明晃晃的磨难，皆有

成功的味道

默许的未来！

蔷薇

生而为奴

命沦丫鬟

焦虑中梦到心仪的公子

便纠结着：何时才能

嘟起玫瑰的刺

亮出任性的爱

夹竹桃

深情的桃花

抛开门第，爱上

安贫的竹叶

辱没了凛然的家风

——不被至亲祝福的姻缘

只能远避天涯圆梦

留在凡间的，是一丛丛

反目的诅咒

无解的毒液

蝴蝶兰

沿辽阔的胸襟

耕耘情义

把饱满的希望

种进自信

当事业，盛展如兰

成群的爱慕

便会拍着香风，随

斑斓的蝴蝶，嫣然飞来

栀子花

闲雅

尚需粗食养神

且有，茅屋退雨

信步

欲诵山叠流瀑

再唱，兴遏行云

蜀葵

虽是命落草芥，总被

栋梁之材们不屑

但，柔韧的身段裹住内伤

用一生的迷茫

迎风舞动着，梦中的华彩

蓝色妖姬

看淡惊艳前的虚度

听凭高潮后的苍老

休怨缘惑色妖

遇上，便是一幕悲剧！

矢车菊

你，剔透生辰八字

冲心虚的尘姻鼙蹙娥眉：

与其枯槁地苟合

莫如苒若地落单

唏嘘！

一场，以人性为筹码的

必败赌局

迷迭香

那些死寂的底片

被神交的暗香撩拨着，不断

跳出栩栩的恋歌来

——幸福，噙泪蜷曲在

回甘的苦辣中

四叶草

人生，活曙光

草叶，开渴望

第一叶，事业红火

第二叶，家亲和睦

第三叶，体肤无忧

而第四叶，无言地绿满心底

许是一抱不肯割舍的苦恋

或是，一枕不愿醒来的美梦

幸，与不幸

只有坚守知道

唯有，天堂明了

芙蓉花

只因爱上了秋

苍白的脸颊，被焦虑

一下子染成羞红

孤芳饮泣

但，凝泪成霜的寒秋

却漫不经心——

爱情，原来

是一泼任性的颜料

随意涂改着，受难者

煎熬的色彩

竹子花

默默奉献了一生

临终时，把轮回的希望

拼足气力，举向阳光

唏嘘的花朵

是母亲，唱给孩子的

最美摇篮曲

是血缘，留给命脉的

最后祝福语

鸡冠花

万木颓靡，百花憔悴

残秋，不期而至

无意沉沦的你

奋力昂起被媚俗摁压的头颅

向天喷发，寒夜郁积的怨怒

穿越酷冬

从火红的晨鸣，起步！

图书在版编目（CIP）数据

翻越长歌 / 浮冰著 .—北京 : 作家出版社，2021.12
ISBN 978-7-5212-1607-3

Ⅰ.①翻… Ⅱ.①浮… Ⅲ.①诗集－中国－当代 Ⅳ.① I227

中国版本图书馆 CIP 数据核字（2021）第 231524 号

翻越长歌

作　　者 : 浮　冰
封面插画 : 浮　冰
责任编辑 : 徐　乐
装帧设计 : 丁　煜
出版发行 : 作家出版社有限公司
社　　址 : 北京农展馆南里 10 号　　　邮　　编 : 100125
电话传真 : 86-10-65067186（发行中心及邮购部）
　　　　　 86-10-65004079（总编室）
E-mail:zuojia @ zuojia.net.cn
http://www.zuojiachubanshe.com
印　　刷 : 唐山玺诚印务有限公司
成品尺寸 : 142×210
字　　数 : 358 千
印　　张 : 11.75
版　　次 : 2021 年 12 月第 1 版
印　　次 : 2021 年 12 月第 1 次印刷
ISBN 978-7-5212-1607-3
定　　价 : 55.00 元